JAMES BOND

007典藏精选集

雷霆谷

[英]伊恩·弗莱明　著

徐蕾　译

北京联合出版公司

Beijing United Publishing Co.,Ltd.

图书在版编目（CIP）数据

雷霆谷 / （英）弗莱明著；徐蕾译. — 北京：北京联合出版
公司，2016.5（2019.3重印）
（007典藏精选集）
ISBN 978-7-5502-7226-2

Ⅰ. ①雷… Ⅱ. ①弗… ②徐… Ⅲ. ①长篇小说－英国－现代
Ⅳ. ①I561.45

中国版本图书馆CIP数据核字(2016)第038899号

雷霆谷

作　　者：伊恩·弗莱明
出版统筹：新华先锋
责任编辑：徐秀琴
特约编辑：刘　柳
封面设计：吴黛君
版式设计：朱明月

北京联合出版公司出版
（北京市西城区德外大街83号楼9层　100088）
三河市嘉科万达彩色印刷有限公司印刷　新华书店经销
字数133千字　620毫米×889毫米　1/16　13印张
2019年3月第2版　2019年3月第2次印刷
ISBN 978-7-5502-7226-2
定价：59.00元

007 目录
CONTENTS 雷霆谷

1

第一章
猜 拳 游 戏

东京的夜晚，五光十色令人目眩。对于这里的男人们来说，有两件事是无法避免的——酒和女人。

一个艺名叫"千叶子"的日本艺妓跪坐在詹姆斯·邦德的身旁，微弯柳腰，轻柔而又优雅地吻了一下邦德的右脸颊。

"你真会骗人，"邦德严肃地说，"你刚才答应过我，只要我赢了，你就会给我一个真正的吻。"

旁边一个矫揉造作、浓妆艳抹，似被油漆粉刷过的老鸨把这两句话译成日文后，艺妓们都咯咯笑起来，屋子里顿时热闹非凡。千叶子害羞地用素手捂着自己的脸，好像她正在被要求做一件极其见不得人的事，但是接着却透过指缝偷偷地看着邦德。突然她起身向前，在邦德的嘴唇上留下了一个深深的吻。

是邀请？还是允诺？

詹姆斯·邦德想起有人曾许诺给他一个枕边艺妓。从技巧上看，这是一个初级艺妓。她对艺妓传统的技艺还不是那么娴熟，她不会讲幽默的笑话，不会唱歌，不会画画，也不会作诗赞美她的庇护人。不像那些经过调教的姐妹们，可能会提供一些更粗野的服务，当然她们是十分谨慎的，在极度私密和付费较高的情况下，才会这样做。但是对残忍粗野的外国人来说，这样比唱三十一音的短歌更有意思。因为这种短歌无论在什么情况下，外国人都不能理解，不能将之与散落在富士山山坡上的雏菊花相提并论。

在香吻引起一阵掌声后，一个身穿黑色和服，矮矮胖胖的强壮男人径直走过来，在詹姆斯·邦德对面的红色磁漆桌子旁坐了下来，满口金牙的嘴中叼着带过滤嘴的登喜路香烟，吸了一口，然后放在他旁边的烟灰缸上。

"邦德君，"这个男人笑着说，"你敢不敢和我猜拳啊，我敢断言你赢不了我。"

这个男人叫田中，绰号"老虎"，是日本情报局的头子。

这种笑容，邦德在和他相处的一个多月里，已经很熟悉了。邦德知道那种笑似笑非笑，只能说是皮笑肉不笑。

邦德放声大笑道："是吗，老虎？不过我们需要换换酒杯，这种杯子只够塞牙缝的，实在是不够劲儿啊。你们这种清酒五瓶也顶不上一瓶马丁尼。我已经喝了五壶了，我还需要一瓶马丁尼酒的量。"

"邦德君，你的酒量果然了得——但是你对瓷器的知识真是匮乏啊！而且，低估清酒的酒力也是很不明智的。我们日本有一种说法：'一个人喝掉第一壶清酒，第二壶清酒喝掉第一壶，第三壶清酒喝掉一个人。'"田中老虎转向千叶子，看着她边说边笑。

邦德判断他一定在嘲笑自己的作风，粗野且酒量惊人。

田中老虎又转过头来说："邦德君，你已经很有面子了。在日本只有相扑摔跤手才有你这样的海量，而且喝了仍能面不改色。她说（田中老虎的眼睛向老鸨一瞥）以你的酒量，喝八壶也没有问题。"田中老虎压低了嗓子，神秘地加了一句，"不过她也建议你不要贪杯，否则晚上你就不是千叶子的对手了，哈哈……"

邦德转过脸来，向千叶子说："请你转告夫人（老鸨），我倒对她有兴趣，待会儿喝醉了，有她这么一位令人陶醉的成熟女人相陪，那才不至于虚度良宵呢！"

千叶子听了羞得满脸通红，老鸨不禁精神起来，立刻用日语嘀嘀咕咕地说了一大堆，把田中老虎听得哈哈大笑，赶紧翻译道："邦德先生，这可是一个伶牙俐齿的女人，嘴不饶人。她刚才在你名字上开了个玩笑，请你听了不要生气。她说她嫁给了一个和尚，她的棉被可没有大到能够容纳一个没有道德的人。"

艺妓宴会已经持续两个小时了，邦德感到下巴已经被没完没了的敷衍笑容折磨得酸麻不已。现在真是提不起兴趣了，可是却还要装出一副乐在其中的样子，这真是件苦差事。一个外国人喝花酒，或多或少有点儿像托儿所中被严厉的女教师用来取乐的傻孩子一样。他的虚伪做作绝对逃不出田中老虎锐利的法眼。这也是田中老虎对客人不同寻常的地方。

哈梅顿早已提醒过他："老虎若请你去酒家饮酒，这就是给你天大的面子，你应该受宠若惊般地全力以赴。宴会将花掉老虎一笔不小的数目，不管这笔钱是出自秘密基金还是他自己的口袋。这顿饭如果吃得愉快，以后你的工作就会无往不利。否则，以后就要处处碰壁，工作根本无法顺利展开，所以邦德君要好自为之。"

想到这里，虽然受到老鸨的挖苦和取笑，邦德仍装出兴高采烈的样子，鼓着掌，用欣赏的语气对田中老虎说："告诉夫人，她的反应还真够快的！"

邦德从千叶子的手中接过烫热的清酒，一饮而尽，果敢地将右拳放在红色的磁漆桌子上，做出一个夸张的具有挑战性的姿态，说道："好了，老虎，来吧！"

这个古老的猜拳游戏的规则是：剪刀剪布，布包石头，石头磨钝剪刀。那是全世界孩子都会玩的简单游戏。握紧的拳头代表石头，伸展的食指和中指就是剪刀，摊开的手掌代表布。

田中老虎把拳头放在邦德拳头对面的茶几上。两个人对峙着，双方都想从对方的眼睛中看出点儿什么，室内一片寂静，俨然像是大战前夕的气氛。这时他才听到庭院中小溪潺潺的水声，令人窒息。也许是因为田中老虎那副让人不寒而栗的武士道面孔，气氛从刚才的轻松欢快突然变为两雄相争的决战场面，邦德意识到这已经不再是一场游戏。田中老虎在比赛之前，曾扬言会必胜，一旦输了岂不是会丢了面子？失去多少面子，多到足以使一个月以来的友谊付诸东流！面对这个在日本最有权力的人物，以东方人讲求面子的传统，而日本又是世界上最小气的国家，他会在众目睽睽之下轻易输给一个外国人，失掉他的尊严吗？

邦德想道：哈梅顿曾再三叮咛，无论多么微不足道和不合时宜，也一定要尊重东方固有的传统——面子问题。这是原则，一定要好好把握。至于如何拿捏轻重缓急，三言两语是无法解释清楚和体会到的。

眼前这场猜拳游戏不就是个最好的例子吗？他应该打胜这一仗来表示自己的才智呢，还是应该败下来以维持田中老虎的面子？这犹如儿戏的比赛是否如自己想象中的那么重要？这会不会影响自己以后在东京的重要任务的执行？邦德颇有些进退两难。

好似有先见之明，田中老虎随后又笑着说："邦德君，按照我们东方的规矩，特别是在我这儿，在这种情况下，我做东，你是贵宾，我应该让你赢才有礼貌。假如不巧我占了上风，赢了你，那是失礼的事，我事先向你赔罪，请海涵。"

"老虎阁下，我的想法是：比赛若不争胜负，那还有什么意思。假如你故意输给我，我将引以为莫大的耻辱，如果你见怪的话，我倒认为你刚才的那番话是激将法，颇似相扑比赛前的骂阵，我希望你用日语把刚才的话翻译给这些可爱的小姐们听。现在我只想将阁下按倒在地上，摸你的尊鼻，借此表示苏格兰确实胜过日本，就像我们的女皇胜过你们的天皇。"邦德笑着说。

这几句话说得豪气万丈，颇能逞一时之快，很难说这不是清酒的后劲作祟，可是邦德说完这番话后，立刻感到后悔起来，虽然他们以两国的文化相互开玩笑，说来也不算新鲜事了。

原来田中老虎还是牛津大学的毕业生，自认为对西方的民主政治有深切的了解，对一切事物也以"西洋通"自居，邦德似乎看到了田中老虎眼中闪电似的一亮，这使他再度想起哈梅顿的再三叮咛和警告。

田中老虎眨了眨眼睛说："你这个混账的苏格兰人，看起来你做得还不错，但是你不要得意忘形。在日本人中，我田中算是一个开明的人物，但是你也得有自知之明！你再仔细看看这张脸，上面不是刻得清清楚楚吗？他上过你们的牛津大学，在大战前，他在日本驻伦敦大使馆任海军大使助理时就在替日本侦察和搜集情报了。你们这些傻瓜以为我有牛津学位就不是间谍，真是愚蠢至极！尤其是在大战期间获得战功也很难被忘记。之后主动参加神风突击队的训练，训练还没结束，美国人用原子弹在广岛和长崎上空给日本致命的一击。如果你全部忘记了，日本有九千万人，为什么这个秘密调查组织的领袖不是别人，老兄，这个你该明白吧？！"

自从邦德抵达日本后，他一直在努力练习日本的跪姿。多少也学到了跪姿的诀窍。可是跪了两个小时，两膝如火在烧，如果不移动一下，说不定会变成终生残疾，那可就惨了。他突然心生一计，对田中老虎说："与你这样的高手过招，必须坐得随便一点儿，那样我才能专心地来对付你。"

邦德艰难地站起来，伸展着双腿，又重新坐下去。这时他把一条腿伸直到茶几底下，一条腿弯曲，并把左肘靠在膝上，这样的姿势使他如释重负。他随手拿起酒杯，跪在一旁的千叶子急忙给他斟酒，他一饮而尽，用充满挑衅的语气对田中老虎说："来吧！"

田中老虎向他鞠躬行礼，邦德还了礼，艺妓们也都屏气凝神来静待观战。

田中老虎盯着邦德的眼睛，试图从他的眼神中观察他出拳的拳路。可是邦德已经决定不用思考，摒弃一切拳路，用很随意的方式行拳，胜负听天由命。

田中老虎又提出一个条件："我们行三局，每局三拳，三局两胜。"

"好，就这样办。"

两个拳头慢慢地从桌子上抬起来，然后急速落下伸向对方。田中老虎出的是石头，邦德出的是布，这场邦德赢了。接着，两拳又慢慢升起，急速落下，田中老虎仍旧出的石头，邦德出的是剪刀，石头胜了剪刀。平局。

田中老虎停了片刻，闭上眼睛，以拳支头，在思索拳路，嘴里叫嚷道："好了，我已经猜到你的心思了，邦德君，你跑不了啦。"

邦德说："算你厉害。"

两拳又再度举起——一，二，出！

田中老虎依然选择出石头，邦德出的是布，第一局邦德赢了。

第二场游戏则持续了更久，好像他们俩都运用心理战术，但是邦德依然采取碰运气的策略，第二局田中老虎赢了。一比一，平局。

到了决胜局，两个竞争者互相凝视着对方，田中老虎的眼睛里闪烁着一丝红光，邦德温和而嘲弄地微笑着。邦德看得很清楚，心里在思考：输才是聪明的，是不是？但是这局邦德先出的石头砸了田中老虎的剪刀，后又用布包了他的石头，前两回合就都赢了。第三局邦德赢。

邦德心里琢磨该讲几句动听的话来冲淡自己的战果："这个拳赛如果被列入你们即将举办的奥林匹克运动会的比赛项目，我估计可以代表英国就近出赛了。"

田中老虎呵呵地笑了两声："你的拳路极妙，可以告诉我你的秘诀吗？"邦德还是第一次行这种拳，哪里有什么秘诀，但他灵机一动，临时胡编了一套，谦虚地对田中老虎回答道："我判断你是一位如钢铁般精炼的人，一定不喜欢用布来做武器，我就根据我的猜测来出拳。"

"果然妙！言之有理，佩服、佩服啊！"田中老虎居然相信了邦德的信口胡诌，并朝他深鞠一躬。

邦德拿起酒杯，向田中老虎鞠躬还礼，然后一饮而尽。大家从紧张的气氛中解脱出来，艺妓们拍手娇笑，老鸨更识趣，让千叶子再给邦德一个香吻作为奖赏。她照做了。这个吻又香又甜，千叶子柔软的胳膊环绕在邦德的颈上。日本女人的皮肤多么细腻啊！而且她们抚摩得如此轻柔！詹姆斯·邦德正在计划排遣今宵时，忽然听田中老虎说："邦德君，我有事情想和你商量，你是否可以赏光到舍下再饮一杯？"

邦德立刻站起来，恭敬地向田中老虎鞠了一躬。

"深感荣幸，老虎先生。"邦德又回忆起哈梅顿和他的谈话，记得哈梅说，日本人请你去他家里玩，是表示非常瞧得起你。看起来这和他刚才行拳得胜大有关系，这之后也许有更大的惊喜在等待着他。

一小时后他们坐在田中老虎家中，啜饮着清酒。不论是王孙公侯还是工薪阶层，日本人的房子和大自然的分隔都是一样的，房间的卧室和书屋，纸门都是拉开的，从走廊望去，一目了然，什么都无法遁形。

他们进入了房间，田中老虎把纸门统统打开，他解释说："在西方，当你有秘密要说的时候，你会关上所有的门和窗户，但是在日本却相反，我们说秘密的时候会打开所有的门窗，以免隔墙有耳。更何况我现在要和你讨论的是最高机密。请你留心听，并且发誓绝对不会将听到的事情告诉任何人。知道吗？"田中老虎发出洪亮而略带阴郁的笑声，"如果你违背了你的诺言，我会别无选择地让你从地球上消失。"

第二章
邦 德 重 生

M 坐在办公室里，面对着圣詹姆斯大街的弧形窗子，一副逍遥自得的样子。他已经安排妥当如何来打发他一个月的假期。前两个星期预备去勒斯特钓鱼，后两个星期计划去旅行。除了招待贵宾外，他很不愿意去俱乐部，因为那里他认识的人太多了，说起话来句句不离本行，还有许多从前在海军里跟他一起工作的部下会问他退役后在干什么事情。

"同几位朋友组织了一个环球贸易公司，做点儿小生意。"这些谎话，不知道说了几百遍，自己说起来都已经感到乏味至极了。听的人也未必都会相信，但谁也没有再追问下去。

M 正在遐思之际，詹姆斯·蒙利爵士来访，他用雪茄来招待贵宾。爵士从桌上拿起一支雪茄用钳子掐掉头，精准地在雪茄的烟屁股上打了一个小孔。M 点着雪茄，摇了摇头上的火焰，轻轻地吸着直到把烟头烧旺，然后喝了一口咖啡，坐回座位。爵士用善意的眼神打量着他的主人紧锁的眉头，观察出 M 有心事。

"好吧，亲爱的朋友，现在告诉我吧，究竟是什么问题？"

M 心不在焉，好像连抽烟斗的力气都没有了，他喷出一口烟，迷惘地回答："什么问题？"

詹姆斯·蒙利爵士是英国最有名的精神病学家。前些年，他曾因那篇著名的《自卑情绪之心理与生理上相互影响的关系》的研究获得过最高荣誉——诺贝尔医学奖。他也是英国情报局的神经精神病顾问。尽管情报局很少麻烦他，只有在极度紧急，出现难以解决的问题时才会找他。每次找他，他都会很高兴地前来，细心地研究，非常出色地解决那些棘手的问题。

M又迷惘地仰着头去观看圣詹姆斯大街的繁华景象，车辆川流不息，人群熙来攘往。詹姆斯·蒙利爵士望着M的侧影说："老兄，你的行为也像每个人的特征一样，其中之一就是你偶尔会请我吃中午饭，将我塞得像斯特拉斯堡烤鹅，然后再告诉我一些惊人的秘密，结果是十次有九次要请我帮忙。上一次，你找我来，让我从外国一名外交官那里拷问出某些信息，在事先不通知他的情况下，给他实施深度催眠。两周后，我在报纸上看到这名外交官为了验证地心引力，从十层楼高的窗口跳下去，当场死亡。验尸官验尸后鉴定为'坠楼身亡'。今天请我来吃饭又有什么节目安排呢？"詹姆斯·蒙利先生变得温和了。他带着同情心说道："快点儿，M，说出来吧。"

M冷冷地看着他："是关于007的,近来他越来越让我伤脑筋了！"

"对于007，我曾经写了两份关于他的情况报告，你都看过了吗？还有其他情况吗？"

"没有，还是老样子。经常迟到早退，对工作敷衍了事。整天拼命地喝酒、赌博，经办的事情，错误百出。一直以来，他是我们最精干、出色的情报人员，是我的得力助手，而现在已经快要报废了。想想他从前的成绩，真是难以相信他会变成现在这样。"

爵士不以为然地摇了摇头说："你说的这些真是难以置信，我看你根本没有看过我的报告，至少没有仔细看过。我在报告中说得很详细，他是因为受刺激过度。"

说到这里，他用力吸了一口雪茄："他是条硬汉，既刚强又勇敢，做事认真负责。他又是个光棍，大家都知道他是一个猎艳的能手，但在女人怀里，他是一个游戏人间的浪子。一旦他真的坠入情网，又从情网中跌下去，可以想象得到他受到的刺激是多么巨大。一个不曾动真情的人，突然有一天竟动了真情，并且还真的和那个女子结了婚。可是就在举行婚礼后的几个钟头，新娘竟被一个无恶不作的歹徒枪杀了，他在心理上和精神上所遭受的挫折是无法弥补的。他叫什么来着？"

"布洛菲。"M回答道，"厄内斯特斯蒂·沃布洛菲。"

"歹徒的目标是007，但是他大难不死，只是额头上受了一点儿轻伤，可不幸的是他的新娘代替他送了命。从此以后，007所做的一切都开始走样了，我们的医生认为他的脑子受了伤，但他来看我时，我并没看出什么毛病。但是，他向我坦白说他对工作失去了兴趣和热忱，没有情绪和精神工作，连活着的意志都没有了。他这种说法，以前我从别的病人那里听得太多了，这就是所谓的心理崩溃，这种病症能渐渐地加剧，也能突然恶化。

"他在生活上遭受了晴天霹雳般的打击：在一个以往一帆风顺的天之骄子的心里——至少在此之前，他没有经受过——失去自己的挚爱，而且是因为自己的危险处境伤害到了他所爱的人的生命，并痛苦地认为'我虽不杀伯仁，但伯仁因我而死'。你我都没有这种经历，如果我们受到同样的打击，其痛苦程度可想而知，而我们又将作何反应？所以，我可以告诉你这种精神上的负担是非常沉重的。现在的007就是生活在这种负担中，在我的报告里我已经加以说明。同时我建议他以后执行的任务，应该是一些危险性强和比较紧急的工作，这样或许可以帮助他从目前的这种状态中解脱出来，去除他心理上的痛苦阴影。唯有如此，方能使他体会到人生是需要奋斗的，生活的变化和祸福的来去非人力所能阻止，只要一息尚存就应该全力以赴，克服困难。做人本身是一件艰巨的事情，任何困难都只不过是一种考验，它可以使人更坚强地活下去！难道你不能让他在最近几个月再尝试一些棘手的任务吗？"

"我已经给他两个任务了，"M面无表情地说，"他把两个都搞砸了。一个任务中，他差一点儿就送了命；另外一个因为他的错误，给其他人带来了危险。这些事令我很忧虑，他过去从来不会出差错，现在突然变得容易出事故，成了一匹害群之马。"

"这是精神病患者的一个普遍现象，那么你打算怎样处理这件事呢？"

"开除他。"M残酷地说，"不然就让他在一次任务中被乱枪射死，或者公布他患了不治之症，让他退休。不管你们这些心理学家、精神病学家怎么讲，我们都不能任用一个头脑退化而又处处出现纰漏的人！当然我也要顾及他以往的功绩，给他一个好的安排，使他能够光荣退休，并得到一笔可观的退休金，然后可以安排他到大银行的安全室工作，这样不是也挺好的吗？"

"你有没有打算把他调到另外一个单位去试一试。"詹姆斯·蒙利爵士仍不放弃他的想法。

"蒙利，局里的人太多了，尤其是外勤人员。我更不愿意把007再调到另一个单位危害别人！"M迎着这位心理学家具有穿透力的眼神说。

"那你将失去一个最有能力的助手。"

"能力高的助手是很久以前的事了，而现在的他已经不是了。"

詹姆斯·蒙利爵士的身子向后靠了靠，沉默地吸着雪茄。他为邦德看过数十次病，对他的病情非常了解，对他的印象也非常深刻。他深知007在心理上仍旧潜伏着无穷的精力，但在精神方面却因刺激过度而失去理智，如能在工作方面，再让他集中精力去处理一些非常艰巨的任务，就能够震醒他的神经，使他恢复到以往正常的精神状态。这样一来不但他的病症治好了，而且还可以将他的潜力在最大限度内发挥出来，去担当普通人难以胜任的工作。

想到这里，詹姆斯·蒙利爵士说："只要给他一个生死攸关的境况，他自然会奋发求生，所谓置之死地而后生，就是这个道理。当第二次世界大战爆发时，原先一大批精神病患者霍然而愈。微小的恐惧可以驱走最大的焦虑，恐惧越大，焦虑就越小。局长再给他一次机会吧，我有信心，他会好的！一切由我来负责。"

"什么样的机会？你说吧！"

"局长，我对你的事情知道得很少，但目前有没有某种困扰你的事情，让你在人选上左右为难，这件事难以达成？可以将一个难如登天的任务交给他去办！比如：暗杀，偷窃俄国人的密码等。这种任务看起来根本无法完成，但是必然非常重要。当交给他时，必须让他明确了解任务的重要性，迫使他使出浑身解数才能够有进展。这种差事儿才能使他将自己的困难和苦恼抛到九霄云外。他的爱国心极强，必须告诉他任务有关国家的存亡，如若失败，可能掀起另一次世界大战，国家的命运就掌握在他一个人的手中。要使一个人振作起来，莫过于把荣誉和生死两个因素加在一起。你是否可以找出一项这样十万火急的任务呢？这是我替你给他开出的药方，如果你能配齐给他服用，我敢保证一服见效。总之，再给他一次机会吧！"

红色的电话急促地响了起来，它已经沉寂好多个星期了。玛丽坐在打印机旁的椅子上喊了起来，就像从弹药桶发射出来的一样。她冲进隔壁一个房间，等了片刻，做了一下深呼吸，然后拿起话筒，如同见到了响尾蛇。

"是的，先生。"

"不是的，先生。我是他的秘书。"她看了一下自己的手表，知道情况有些糟糕。

"通常不会这样的，先生。我觉得他短时间内回不来，要让他给您回电话吗，先生？"

"好的，先生。"

把话筒放回电话机上时，她注意到自己的手在发抖。该死的人，下地狱去吧！她大声地喊道："噢，詹姆斯，请快点儿！"她忧伤地走回来，在空空的打印机旁坐了下来。她凝视着灰色的按钮，用强烈的心灵感应念道，"詹姆斯，詹姆斯，M想见你，M想见你。"她的心脏剧烈地跳着，定位仪，可能这次他没有忘记。她急忙回到他的房间，拉开右边的抽屉。不，它在那儿，一个可以发送信号的塑料接收器。这个小配件是所有部门首脑离开这栋大厦时必须随身携带的，但是几周以来他一直都忘记佩戴。更糟的是，他根本就不在乎这些。她把它拿出来，使劲儿地扔到自己的记录本上。

"去死吧你，去死吧你，去死吧你！"

她大声地喊着，极为缓慢地回到了自己的房间。

邦德感觉自己就像在地狱，数月来，不愿和任何人交谈。一个人步行在哈雷和魏格姆大街，寻找各种可以让他感觉好些的医生。他向一些专家、庸医甚至催眠师寻求过帮助。他总是告诉医生："我感觉像是在地狱一样，我难以入睡，几乎不想吃任何东西。我酗酒，我的工作也是一团糟，请让我舒服点儿。"每个大夫都会给他量血压、取尿样，听他的心肺是否正常，问他一些问题，他都如实作答。诊断的结果为：根本就没有任何问题。然后他还要为诊断付上一笔不小的费用，开了一些药——安定药、安眠药和兴奋剂。

他看了一下自己的手表。已经过去三个小时了，他必须在 2 点 30 分回到办公室。地狱般的生活啊！天气好热啊！他用手擦了一下前额，然后插进了裤子口袋。他过去从来没有像这样出过这么多汗。

邦德径直走进一栋灰色的大厦。已经是 3 点 30 分了。

电梯小姐对邦德说："您的秘书正在满世界找您，先生。"

"谢谢你，中士。"

他在走出第五层楼的时候得到了同样的信息。向安检处的保安人员出示通行证后，他不紧不慢地穿过安静的走廊，到了尽头一排标着号码的房间。他推开标着"007"的房门，走了进去，随手关上了门。玛丽抬头看到他，镇静地说："M要见你，他半个小时前打过电话。"

"谁是M？"

玛丽跳了起来，眼睛不停地眨着。

"天哪，詹姆斯，快点儿振作起来，你的领带都歪了。"说完她来到他的面前，他顺从地让她帮忙把领带扶正。"你的头发很乱，给你梳子。"邦德拿起梳子，心不在焉地梳着。他说："你真是个好女孩，玛丽。"他用手拨弄着下巴说。

"求你了，詹姆斯，"她的眼睛是那样的明亮，"去见他吧。他已经好几周没有和你谈话了，可能会有很重要的事情，一些激动人心的事情。"她拼命地试图想让邦德接受她的建议。

"这总算是开始了激动人心的生活。无论如何，谁会害怕大坏蛋M！亲爱的邦德先生，你愿意到我的鸡场帮忙吗？"她转过身，用手托住脸。他不经意地用手拍着玛丽的肩膀，然后走进自己的房间，转身拿起红色的电话："我是007，先生。"

"很抱歉，先生，我不得不去看牙医。"

"我知道，我在办公室等你。"

"好的，先生。"

他慢慢地放下听筒，环视着办公室的四周，仿佛在和这儿说再见，然后走出去，沿着走廊，上了电梯，手里拿着辞呈，仿佛是一个等待宣判的人，来到M办公室的门口。

M的秘书马尼派丽小姐毫不掩饰地用不友善的眼神打量着他，然后对他说："你可以进去了。"

邦德正了正自己的肩膀，看着这扇门，在那儿他经常听到自己的命运被宣判。他仿佛将遭受一次电击，尝试性地抓住门的把手，走进去，关上了门。

第三章

机 密 任 务

　　西装笔挺的 M 面对窗子而立，茫然地望着公园。邦德走了进来，M 头也不抬地说：“坐下。”没有叫他的名字，也没有叫他的代号。

　　邦德在 M 对面的那张旧椅子上坐了下来，面对着局长的大办公桌，桌子上一无所有，和屋内的空气一样清静。他沉默着，突然心里难受起来。最近这段时间是他让 M 没有面子，他对不起 M，更对不起组织，也对不起自己。这些空桌椅仿佛在向他控诉，好像在说：“我们没有什么可以给你了，再也用不着你了，你对我们再也没有什么价值了。你还出现做什么？虽然我们曾合作多年，但是今非昔比，我们后会有期吧！”

　　M 从窗子旁边步履沉重地走到那张大桌子后面的高背椅子旁，坐了下来，望着只有一桌之隔的邦德。邦德那张被岁月雕刻出深深皱纹的脸上，没有任何表情，就像空椅背上抛光的蓝色皮革一样冷漠。

　　“你知不知道我为什么找你来？”M 说。

　　“我或许能猜到，先生，请你批准我辞职。”邦德说。

　　M 听了邦德的话，非常生气：“真见鬼，你知道自己在说什么吗？00 组不是一个随随便便的地方。00 组没事做也不是你的错，哪个单位都会有忙得不可开交的时候，也会有空闲的时候。这也怪不了任何人。"

"但是最后两项任务，都被我搞砸了，并且我也知道这两个月以来，我的体格检查报告并不太理想。"邦德很消极地说。

"胡说！你没有任何问题，只是目前你在生活方面有点儿不如意，这是可以原谅和理解的。至于最后两次任务……任何人都不敢保证，在一生的工作中不犯错误。不过你现在既然觉得在 00 组比较空闲，我想给你换一个部门。"M 脸上露出了同情的表情。

M 起初的两句话让邦德听起来很受用，可是最后两句又让他心惊肉跳。他仔细回味着这两句话的味道，老头子的心肠很好，不过只是通过圆滑的方式将他除掉而已。想到这里邦德心里一阵酸楚，他咬了咬牙说："如果你没有异议的话，还是请你批准我辞去 00 的号码吧，我已经待了很久了。再则，我对内勤的工作实在没有什么兴趣，就是勉强做，我也做不好。"

M 勃然大怒，邦德从来没有看到过自己的上司发这么大的火。老头子抡起自己的拳头向桌子上"砰"地一砸："你在跟谁说话！浑蛋！谁在管这个地方？天哪，我叫你来，是给你升职和交给你一项非常重要的任务。可是你却一再要求辞职，你这是什么意思？真是莫名其妙！"

邦德看到 M 发这么大的脾气，目瞪口呆，不知所措。一阵莫名的兴奋在血管中畅游。这到底是怎么回事？他终于把心里的话说了出来："先生，我真不该惹您发这么大的火。我是对我最近的工作表现感到无比惭愧而已。"

　　"你的好坏功过是由我来决定的。"M再次用拳头捶在桌子上，但是没有上次那么用力。"现在你听着，我给你实质性的提升，把你调到外交组，你将用四个数字的代号，年薪增加一千镑。外交组的工作你不用过问太多。我唯一可以告诉你的是，那个组除了你之外，还有两个我们的人。为了方便起见，你仍可以使用你现在的办公室和秘书。明白了吗？""明白了，先生。"邦德的心情好像已经平静了许多。

　　"无论如何，你要做好准备，在一个星期内，动身前往日本。有关本次任务的一切手续，由参谋长亲自安排。这项任务极为机密，也没有有关这项任务的卷宗。你可以想象，它是多么的重要！"

　　"但是先生，您为什么会选择我去完成一项这么重要的任务呢？"邦德的心脏跳动得非常厉害。他若有所失地想着：为什么命运的转变会如此的突然，又那么的激烈？十分钟前他还被视为一个废人，他的事业、生活都濒临绝望的边缘。如今，他又平步青云，成为极端重要的分子，这到底是怎么回事儿啊？

　　"这个嘛，原因很简单，因为这项任务难度非常大，成功的希望非常渺茫。但是我觉得你具备处理这种困难的才能，恐怕再也挑不出比你更适合的人选了。所以我选中了你，也许你能从不可能中找出一个可能来，那就是我们组织的万幸了。"M冷漠地笑了笑又说，"你引以为豪的本领——射击，这次是用不上了，此次任务的完成需要的是智取而不是硬拼。如果这次任务你能成功的话，无疑会使我们获得的苏联的情报消息增多一倍。不过，我还是觉得，这项任务我们成功的希望很渺茫，再说明白一点儿，也许只是一个梦想而已。"

"先生，您可以再多告诉我一些吗？"

"当然，因为没有任何文字材料，参谋长会再详细地告诉你一遍。这次任务和日本情报机构有关，你可以从哈梅顿那里得到你所需要的参考资料。但是你绝对不能向他透漏丝毫关于此次行动的目的，明白吗？"

"明白，先生。"

"唔，你对密码是否知道一些呢？"

"知道的只是皮毛而已，我已经很久没接触过那东西了，我觉得还是少知道一些为妙。如果被他们抓到的话……"

"对。但是日本人对这门东西非常有研究。他们的头脑好像非常适合整理这些乱七八糟的字母和数字。在第二次世界大战中，他们在美国中央情报局的指导下，侦破密码方面的效率极高，并专门成立了侦破机构。这一年来，他们一直在侦察和研究来自海参崴和中国大陆各地有关苏联的军事、外交和空军的电讯。"

"真是了不起啊，先生。"

"他们认为美国中央情报局了不起。"

"先生，美国中央情报局不仅和我们密切合作，还和我们交换情报吗？"

"原则上是这样的，但是不包括太平洋地区。当艾伦·杜勒斯当局长的时候，我们至少还可以得到一些有关英国情报的摘要，但是现在的麦康局长到任后，连半点儿摘要都不肯给我们了。但是我个人和他相处得很好，他曾坦白地告诉我，现在的变化完全是执行国防会议的命令，他也只是奉命行事而已。他们担心我们的反间谍措施不够理想，这也不能怪他们，我也同样担心他们的反间谍措施不够健全。两年前，他们的一位有名的高级密码员逃到了苏联，不用说，带去了大量我们提供给美国的情报资料。更麻烦的是，我们的媒体抓住了这件事情并夸大事实，带来很大的负面影响。"

邦德设法将话题转移到正题上，他问道："先生，您刚才提到日本人一直在研究和侦察苏联的电讯，究竟派我去做什么呢？"

M把双手平放在桌子上，这是他一贯的样子，就是他发表重要讲话之前的一种准备姿势。邦德聚精会神地准备听取局长讲的每一个字，并把它们深刻地印在自己的心中。

"在东京有一个叫田中老虎的人，他是日本情报局的首脑，是一个真正出色的情报人员。他到过英国两次，一次是在牛津，一次是来这儿工作。他参与了日本的战时特务组织——宪兵队，又受训当了神风攻击队队员。这个人就是日本电讯侦察的最高负责人，把持着我们和我们所需要的资料。你此次去日本的任务就是从这个家伙的手里，拿到我们需要的电讯资料。至于怎样行事，我不知道。这得全凭你自己的智慧和手段了。这个任务难就难在日本已经和美国中央情报局签了合同，不能提供给其他国家情报。所以，他们对我们英国的情报组织，似乎不太放在眼里。"

M的嘴角动了动，眼神向下瞟了一下，接着说："他对我们的情况知道得并不多，一部分是他在这里工作的时候侦察到的，一部分是从美国佬那里得到的，但是这样对我们未必有利。我们自1950年以来就没有在日本设立情报站了，彼此也都没有业务上的来往。因此，我们在日本几乎还是真空的。你到日本后，表面上是在一名澳大利亚人手下工作，据说，那个澳大利亚人在那里工作的成绩还不错。这就是你此次任务的大概情况。若想完成这项任务，非你莫属。你是否愿意试一试呢？"

这时 M 的脸上已经没有刚才的那种愤怒，看起来还是很友善的样子，这倒是非常罕见的。

邦德的命运受这个老头子的支配已经很久了，但他对自己的这位长官的了解却很少。听完 M 的一席话，敬仰之心油然而生。不过，他的本能告诉他，此次任务的背后一定还隐藏着不可告人的秘密和错综复杂的目的。M 决定以这种方式安排自己去完成这样的任务，是不是想给他这最后一次机会，把他从痛苦的深渊中解救出来？如果真的如 M 所说的那般困难，根本就没有希望完成任务，M 为什么不挑选一名会日语，并对日本各方面都很熟悉的同事去完成呢？邦德没有去过日本，对日本的一切都很陌生。不过他自己也意识到这项工作可不是说着玩的，这是一项真实而又重要的工作。

"先生，承蒙您的提拔和抬爱，我愿意去试试。"

"好，"M 点了点头。他面对右边的话机，按了一下按钮，"参谋长，你给 007 指定了什么新代号？……好，我让他立刻去找你。"

M 靠回椅背，又笑了笑，说："你还是用你的老号码，但是要换成 777。你现在就去参谋长那里，一切情况，他会给你解释得清清楚楚。"

"是，先生，谢谢先生。"詹姆斯·邦德说完，起身离开了 M 的办公室。

参谋长彼尔·特纳是邦德在情报处最好的朋友，他抬起头，看到邦德走了进来，遍从文件堆积如山的办公桌后站起来，满脸笑容地欢迎自己好朋友的到来。"老兄，这边坐。你接受了这项任务？我相信你会接受的，不过这项任务可不是一件容易的差事。你自己感觉有没有希望？"

"我现在什么感觉都没有。听 M 说那个叫田中老虎的家伙，是一个非常难对付的日本人。而我对于外交更没有什么过人的才能，M 为什么要挑选我去呢？彼尔，大家都是老朋友，说真的，自从上两次任务失败后，我对自己都已经放弃了。我这是罪有应得。我已经打算退休去养鸡场帮忙了。可是今天 M 突然召见我，把这么棘手的任务又交给了我，你总该把事情的真相告诉我吧！"

彼尔·特纳对邦德的疑惑早有准备，他一面听着邦德的话，一面思考该怎样回答他。等邦德说完后，他胸有成竹地对邦德说："篮球比赛总是要合着打的吧？没有人能够保证每次投篮都会命中目标，做工作也是一样的。M 对执行这项任务的人选是经过深思熟虑的，最后他还是认为让你去才会有希望。至于他的判断和决定是否正确，那只有等待事实的检验了。难道你就真的不想换换胃口，从 00 组调到一个既安全又能有晋升机会的部门去吗？"

"绝对不想。"邦德很坚决地说，"这项任务完成后，我希望能够恢复使用我的老号码，这事儿暂且不说。请告诉我，这项任务应该先从哪里着手呢？那个澳大利亚的单位又是怎么回事儿？我们需要得到些什么样的资料？又要拿什么跟日本人交换这些珍奇异宝呢？东西到手后要通过什么途径送回来？到手的东西，数量一定不少。"

"澳大利亚人有权要我们有关中国内地和港澳的全部资料，也有权自己派人到香港地区协同我们的工作。关于中国内地的情况他们已经摸得差不多了，但是他们的货的成色没有我们在澳门的'蓝色航道'弄得那么货真价实。哈梅顿在这一点上可以给你更多、更详细的资料。这个澳大利亚人的名字叫哈梅顿。我会给你办好澳大利亚的护照，以哈梅顿助手的身份去，这样你可以获得外交官的资格。到了日本以后，这个身份可以使你的活动和与各方面的接触显得比较有面子。哈梅顿说，在东方，面子很重要。当你把我们需要的那些东西搞到手后，哈梅顿会设法通过墨尔本路线送回来，我们会派一名专门的人员去做这件事情。还有什么问题？"

"我们这样做岂不是从中情局手中抢饭碗，他们知道了会如何处置？"

"日本又不是美国的，无论如何美国方面是不会知道的。这就要看田中那家伙所采取的态度了。如果他肯合作的话，他会安排将东西送到澳大利亚使馆的联络处。而以后的安全问题就要由他个人去担心了。最重要的还是开始，希望他不要在你刚到日本的时候就通知美国中央情报局。假如他真的这样做，那时我们只好对不起他们了，让他们自己善后吧。我们和澳大利亚人的这点儿交情还是有的，他们的工作效率还是很高的。不过话又说回来，中情局的手脚也有不干净的时候，我们有一整套的卷宗记录着他们在世界各地对我们不利的地方，其中有很多是非常危险的地方。如果事情办砸了，他们一定会一查到底，到时候我们可以把全部的卷宗丢给麦康，看他有什么话说。当然这一切最好还是不要发生，免得大家都搞得不愉快。你要小心谨慎地去做才行。"

　　"听到你这番话，感觉这项任务涉及高的政治因素，而我对政治手腕一向是外行，竟然让我来担当这项任务，我们要的东西，是否真的如 M 所说得那么重要呢？"邦德的疑虑依然存在。

　　"绝对重要！如果你真的能搞到手的话，不仅女王会召见你，全国人民也都会感激你的。到时候，如果你还打算办养鸡场的话，我一定送你一个！"说完，彼尔·特纳哈哈大笑起来。

　　"好，那就一言为定。请你马上给哈梅顿打电话，我这就去见他，请他给我讲一些神秘东方的事情。"

　　一周后，詹姆斯·邦德在伦敦机场，踏上了日航公司的喷气式飞机，他的座位靠着窗口，他将身体埋在皮沙发中，真是舒服极了。身着盛装的美丽空中小姐笑意盈盈地走到邦德的面前，九十度地一鞠躬，双手递给他一只柳竹篮，里面有一把精美的纸扇、一小块热毛巾、一份华丽的菜单、一本机上说明书，以及很精致的呕吐袋、旅行指南小手册，这些东西花花绿绿的装了一小篮儿。喇叭里播放着有关飞行的细节和救生衣的使用方法，以及飞机起飞和到达的时间。五分钟后，这架大客机就以五万磅的推力起飞了，邦德踏上了飞往东京的旅程。

　　飞机稳定到三万英尺的高度后，邦德开始点他心爱的饮料——白兰地加莓汁酒。他一面饮着酒，一面思考此次任务。他最后决定：为了完成这次不可能成功的任务，无论前方有多少艰难险阻，都不能有辱使命。就是日本人要剥他的皮，他也在所不惜，决不屈服。

在一支 0.45 口径的手枪发出声响的同时，一只巨大的右拳砸落在左掌上。对面这个四方脸的澳大利亚人脸色绛紫，太阳穴青筋暴起。他虽然没有再动武，却愤愤地说：

"我无所事事，

你无所事事，

他也无所事事；

我们无所事事，

你们无所事事，

他们都无所事事。"

他伸手到桌子底下，若有所思，然后把手伸向了那杯清酒，举了起来，仰起脖子一饮而尽。

邦德温和地对他说："迪克，放松点儿。什么东西惹着你了？你刚才说的那些话是什么意思？"

理查德·哈梅顿，澳大利亚外交使节团的成员，脸上一副充满挑衅的神情，坐在银座大街一个拥挤的小酒吧里。他那通常带着愉悦的大嘴，现在看上去刻薄而愤怒："你这个愚蠢的英国畜生，我们被监听了！那个叫田中的家伙监听了我们！这儿，就在桌子底下！看到没有，顺着桌子腿的这根线？看到那边酒吧里的接收器了吗？那个穿蓝色西服打着黑色领带的小子，他是田中的人。这帮家伙跟踪我已经 10 年了。田中这帮人穿得有点儿像中央情报局的人。你们一定要小心喝洋酒穿这样衣服的日本人，他们都是田中的人！"他嘟囔道，"这帮该死的婊子。"

邦德说："那么，如果我们正在被监听，那我们透露的消息将成为田中明天早上最愿意听到的新闻。"

"该死的，"哈梅顿接着话题说，"这个老家伙知道我是怎样想他的，也许他现在正在记录着这些话。我要给他一个教训，让他再也不来找我和我朋友的麻烦。"他补充道，朝邦德犀利地扫了一眼。

"他真正关注的是你！我才不会介意他听到我说的这些话呢！Bludger（澳洲俚语）！听我说老虎，这是对我们澳大利亚人的最大侮辱。你可以随便怎么用这个词。"他提高了嗓门儿大声地说，"不过它主要的意思是变态、无赖、卑鄙、撒谎者、叛徒——没有前途的人。我希望明天早上当你知道我是怎样评价你的时候被海带噎到。"

邦德哈哈大笑起来。哈梅顿这通像连珠炮般骂人的话前天在羽田机场的时候就说过了。

邦德大概花了一个小时的时间才把手提箱从海关提出来。出了海关又被一大群手持"国际洗染协会"纸旗的年轻日本人挤了一通，挤得邦德在人群中转来转去，又累又气，禁不住骂了一句"浑蛋"。在邦德的身后同样有人在骂着什么，不过好像说得更多。"亲爱的朋友，这是以东方的独特方式来欢迎你啊！"邦德转过身来，一个身着紧身灰色西装的魁梧汉子向他伸出巨掌，"很高兴见到你，我是哈梅顿。你是这个飞机上唯一的英国人，我猜你一定就是詹姆斯·邦德先生。来，把行李给我。外面有车在等我们，我们离开这个像疯人院一样的地方吧，越快越好。"哈梅顿看起来像一位进入中年、退休的拳击冠军，他有一身结实的肌肉、一张饱经沧桑且富有同情心的脸、一双没有表情的蓝色眼睛和一个断了鼻梁的鼻子。他满脸汗水，用邦德交给他的那个手提箱作为武器，在前面开路，还不时地从口袋里拿出手绢擦着脖子和脸上的汗。邦德毫不费力地跟在哈梅顿的身后，一直向停车的地方走去。走到一辆小型丰田车旁，司机看到了他们，急忙从车中出来向邦德他们鞠躬行礼。

哈梅顿用流利的日语向司机吩咐了一些话，然后和邦德在后面的座位上坐好。他对邦德说："先送你到酒店——大藏饭店，是一家最新的西式酒店。前不久有一个美国佬在皇家饭店被杀了。我可不希望你这么快完蛋，还是这一家高级的酒店比较好。然后我们再一起好好地喝上几杯。你吃过晚饭了吗？"

"日本航空公司的空中小姐照顾乘客真是周到啊，我记得她们送过六次食物和三次饮料。"邦德说着的时候，车子向日本市区急速驶去。"我怎么一点儿也看不出这是一个世界上最引人入胜的大都市。我们的车子为什么靠左边行驶呢？"

"鬼才知道。"哈梅顿深沉地说，"日本鬼子做起什么事情来都是这样蹩脚，他们什么东西都搞得很特别。电灯开关是向上扳，自来水的开关是向左开，门的把手也是向相反的方向。还有更奇怪的事，赛马是顺时针方向，而不像我们的惯例是逆时针。东京这个鬼地方，更是特别。冷的时候能冻死人，而热的时候又能把人热死。整天不是下大雨就是刮飓风。每天都会有一次地震。但是用不着担心这些，你只是有种喝醉了酒的感觉。飓风来的时候，找一家建得坚固的酒吧，最好把自己灌醉。你要想习惯这里的生活，至少得需要十年。你只有了解自己所处的环境，才能找到关键点。在东京过西式的生活费用很昂贵，我找了一栋相对便宜的房子住了下来。在玩的方面，这个地方的花样可不少，生活绝对不会让你觉得死气沉沉。不过你需要学习日语和鞠躬，在什么时候鞠躬，什么时候需要脱鞋，了解这一套对你肯定会有好处的。你要想工作顺利，就必须快点儿学。因为在开展工作中，你需要和这些日本鬼子相处融洽。你不要看政府里的那些官员穿着西装，打着领带，他们的骨子里还是日本武士道的那一套，我笑他们是挂羊头卖狗肉，不过到了该鞠躬的时候必须鞠躬，这一点非常重要。你要是能摸清里面的诀窍，对你只会有百利而无一害。"

哈梅顿突然用日语对司机说了几句，司机频频地看着后视镜，然后用日语对哈梅顿说："先生，果然有人在跟踪我们。"

"这是意料之中的事，是田中老虎的一贯伎俩。我告诉他你住大藏饭店，他一定要查证后才会放心。这个你不必去管他。今天晚上若有人偷偷溜进你的寝室，如果是个女的，算你运气好，你要认为她漂亮可爱，你就留下她。如果是个男的你也不必紧张，和他客套两句，他会鞠躬引退的。"

旅途的劳顿，再借着几杯酒下肚，邦德躺在床上很快就呼呼大睡了。一夜也没有人打扰他，睡得很惬意，一睁眼，天已经大亮。

第二天，哈梅顿带着邦德在东京的名胜游览了一番。邦德印了一盒名片，名片上印的官衔是"澳大利亚大使馆文化处二等秘书"。

"他们知道这就是我们的情报部门，"哈梅顿说，"他们更清楚我就是这个部门的负责人，你是我的临时秘书，干脆在上面清清楚楚印出来。"

晚上他们到了哈梅顿最喜欢的酒吧"梅花落"喝酒，这儿的每个人都称哈梅顿为迪克，并在酒吧的一个僻静之处给他预留了一个位子。

侍者恭恭敬敬地把哈梅顿带到他的老位子上。当他们坐定后，哈梅顿将手探到桌子下面，用力一拉，把电线拉了出来："这些鬼子，真不是东西，等我有空的时候非得给他们点儿颜色看看。"

哈梅顿摆出一副恶狠狠的样子："从前这个酒家还是一家饭店，菜的味道很不错。在东京的俄国记者和英国人都喜欢到这里来。有一次，那个老板不小心一脚踩到了一只猫的尾巴，吓了一大跳，把手上端的一锅汤打翻了。他火冒三丈，将那只猫抓起来扔进火炉烧死了。真是好事不出门，坏事传千里。没多久大家都知道了这件事，于是一批喜欢猫狗的人——表面上讲的是仁义道德，心里却是男盗女娼的日本鬼子联合起来要告他，逼他关门。我虽然看不起那些虚情假意的日本鬼子，不过还是利用我的影响力救了他，没有叫人砸了他的招牌。想想看，这个忘恩负义的浑蛋，现在居然这样报答我，我一定不会放过他的。"

"刚才给他录的这段音，已经够田中老虎听的了，这个小鬼子，我也得让他弄明白，这个浑蛋家伙至今还头脑不清楚，难道我和我的朋友会计划去刺杀他们的天皇，到他们的国会去扔炸弹不成？"哈梅顿向四周怒目相视，一副凶狠的样子。

"今天就先算了，老兄我们谈正经事。我已经给你安排好了，明天上午十一点去见这只该死的老虎。我会负责来接你。他们办公楼的大门挂着'亚洲民俗协会'的牌子。具体的内情你到了那里就会明白了。还有，你此次执行的目的我实在是不知道。墨尔本发来绝对机密的电报，注明让你亲自破译，这倒是省了我们的事。我的老板，赛德森是个很开明的人，他说他不想知道你此次任务的目的，连和你的会面也免了。这个家伙很聪明，他说'他没有必要用湿手去沾你的干面'，我呢，也不想知道你来这里要搞什么花样。只有你自己去回味咖啡的味道，是苦是甜，你自己心中有数就行。不过，据我猜测，你这次任务是在不让美国中央情报局知情的情况下，从田中老虎那里得知一些重要的东西。这件事并不会很简单，田中这个老奸巨猾的家伙谈起生意来丁是丁，卯是卯，毫不含糊。你别想从他身上讨到一点儿便宜。从表面上看，他是受过西方教育的十足的民主派，但是骨子里却是一个典型的军阀。对于日本人来说，你让他装出笑脸就已经很难得了，骨子里他们有自己的另一套。美军在日本驻军这么多年，改变了什么？确实在外表上改变了很多，但是日本人生下来就是日本人，就像其他一些伟大的民族——中国、俄国、德国和英国一样，你要让他们脱胎换骨，那真是比登天还难啊！时间根本不算什么，十年对于他们就如星星闪烁一次那样短暂。所以说，老兄，田中老虎和他的老板将用不同的方式考虑你的要求，一个是眼前利益，一个会做长久打算。倘若我是你的话，和他这种日本第一流的人物谈生意，我不会只谈眼前利益，我要和他谈天长地久。像田中老虎这种人，他们的眼光绝对不会以日、月、年来计划时间单位，我想田中老虎和你谈的会用年代、一个世纪来量度一件事情的成败得失，你总该可以理解我的意思吧？！"

哈梅顿用他的左手做了一个放松的姿势，看来，他喝得很高兴，到现在为止他们已经喝了八壶酒了，算起来哈梅顿喝得比邦德略多一些。邦德并不阻止哈梅顿如此贪杯，因为只有这样哈梅顿的谈话才会更坦白和真实，说得头头是道，有层次，有道理，而不受拘束。

邦德听了许久才开口问道："这个田中老虎究竟是个什么样的人物？他是你的朋友还是敌人呢？"

"都是，相比较而言朋友的成分要多一些，不像那些美国中央情报局的朋友，我总比他们要更受欢迎。他和我在一起顾虑会减少一些，原因是我们两个有许多相同的地方——喜欢酒和女人。但是我们有一点不同，就是他看到心爱的女人一定会搞到手，他现在已经有三个金屋藏娇的地方，她们靠他的月薪过生活，要不是我及时制止他，何止三个女人？因此在这方面他欠了我的人情，在日本，'人情'和'面子'一样重要。你欠了别人的情就一定要还，否则，你的心里就会很不舒服。还有，你只能多还，不能少还。我说得更明白些，就是滴水之恩，当涌泉相报。到时候就变成他欠下你的情了，这样你在面子上、人情上、道德上、精神上、社会上都没有向别人低头的地方。田中老虎欠我人情很多，没那么容易还清的。偶尔送一些微不足道的、无关痛痒的情报给我，也算还了一点儿人情。这次你来，我告诉了他，他不但不反对，还很快就答应接见你，也是在还我人情。假如没有这个因素存在的话，你要想见他，他非要给你摆架子看不可，少说也要浪费十天半个月的时间。你来求见他，只能忍着性子等他。你明白我的意思吧？不是我向你邀功，你没有我的帮助是不容易和这只老奸巨猾的家伙搭上交情的。以后田中老虎至少会对你比较留心，并且还会在他力所能及的范围内给你提供方便，以便尽早还清我这笔人情债，同时反过来使我欠他的人情。"哈梅顿说到这里，又拿起酒杯喝了一大口，接着说，"老兄，在我判决你之前，我先带你去一个好地方，那里有名贵的鳗鱼，也有很好喝的酒。然后再带你去快乐宫消遣一番，从快乐宫出来我再宣判你好了。"

"你这个胡说八道的家伙，"邦德说，"我对鳗鱼还是很感兴趣的，只要它们不太滑。鳗鱼和消遣的账我来付，这里的账由你付。别着急，吧台那边的家伙好像在打你的主意。"

"我与别人素无恩怨，哪会怕人家打我的主意！"

他从口袋里掏出一把日元，数起来。他摆出一副日本天皇的架势，一步一步地走到吧台，对那里的一个身穿粉色外套的大块头黑人说："梅花落，真是不要脸。"说完就带着邦德大摇大摆地离开了酒吧。

　　哈梅顿第二天早上十点来到大藏饭店接邦德。邦德看他那副神情，很明显一夜未睡、宿醉未醒，眼睛里布满了血丝，面露倦容。他径直走到酒柜前给自己倒了两杯白兰地加莓汁酒。邦德温和地说："你用日本威士忌打底，怎么受得了，我可不认为这是个好主意。"

　　"我是个典型的两日醉，一直喝到嘴巴里没有了味觉为止，好比老鹰的屁股。等一下回家了，我还是要先呕一下，但是日本的威士忌并不差劲儿。我喜欢它价格便宜，只要十五先令一杯，还有两种牌子可以选，又何必去喝那些价格昂贵的呢？有一次我遇见一位老行家，他说，能照出好照片的地方，才能酿出好的威士忌，你听说过吗？他还说酒精遇到明亮的光线，才会产生好的效果。昨天晚上我是不是说了很多吹嘘自己的话？还是你在吹嘘？总之，我记得我们两个中有一个人在大吹特吹。"

　　"你只是在大发评论，没有什么不妥。只是，你总是拿我开玩笑，不过我懒得和你计较。"

　　"真糟糕！"哈梅顿说，"我有没有打人啊？"

　　"那个美妞的屁股可就被你害惨了。被你重重地打了不下十下，最后她摔倒在地上了。""那个呀！"哈梅顿解释道，"那是爱情的一种表现！女人的屁股有什么用？我只记得她们围在一起哈哈大笑，这样才过瘾嘛！顺便问一下，你怎么样？那个姑娘看起来很热情。"

"我看她对你确实很热心。"

"那好，"哈梅顿放下酒杯起身对邦德说，"我们出发吧，不要让田中老虎等得太久，让他等烦了不会有好处的！有一次我让他等久了，结果他一个星期没和我说话。"

闷热、灰暗、黏汗，这就是日本夏季的天气。空气中弥漫着拆除旧楼改建新楼的灰尘，车子在通往横滨的路上行驶了大约半小时后，在一座死灰色的大厦门口停了下来，门口有一块招牌，上面写着"亚洲民俗协会"。熙熙攘攘的人群进进出出，谁也没有理会到哈梅顿和邦德这两个外国人，进入大厦的门廊上布满了五颜六色的报刊期刊，还有许多风景图片，有种博物馆的感觉。

哈梅顿带着邦德走向里面的一条过道，两边都是房间，里面摆满了写字台，很多青年人在工作，墙上挂着很多用不同颜色标注的图表，数不清的书架上摆满了书。走过一间挂着有"国际关系"字样的牌子的屋子后，再向右转进了另外一个入口，沿着一排密封的门，走到资料处，从半掩着的门缝看过去，很多人都在埋头工作。到这里，他们才第一次被拦下，被要求出示证明文件，又被默默地鞠躬请进去。哈梅顿一边走一边对邦德轻声解释道："伪装就以这里为分界线，之前是真正的民俗协会，但从这里开始，就是田中老虎机构的外围单位了。大部分都是整理资料、管理档案等工作，若没有证明文件就在这里被截住了。"

他们继续向前走，来到一排房子的最后一间，从那一排书架中隐约可以看见一扇隐藏着的小门，门上挂着一块牌子，上面用红油漆写着"危险"两个大字，还有一张纸条上写着"扩建工程禁止入内"。站在门旁，可以清楚地听到锯木头、凿洞的声音，以及砰砰的敲击声。

哈梅顿不假思索地推开门带着邦德进入了房间。邦德进去后，才发现四壁空空，地板被蜡打得光亮，并无一件施工工具，邦德感到很好奇，哈梅顿则哈哈大笑起来，指着门后安装的一个机箱说："是录音机，绝妙的机关，听起来像真的一样。还有这个，"哈梅顿指着前面空无一物的地板，"日本人叫夜鹰地板，这是他们老祖宗为了防范不速之客发明的，二十世纪的今天还在用它。我们来试试看。"

他们走了过去，地板上立刻发出刺耳的声音，对面墙上马上打开一个小洞，出现一双横眉，眼神咄咄逼人。小门开了，一个大汉走了出来，向他们鞠躬。这间房子小得像一个大木头箱子，里面只有一张桌子和一把椅子，桌上还放着一本书。哈梅顿将来意说明，话中几次提到田中先生，大汉又一鞠躬。哈梅顿转过身来对邦德说："我只能陪你到此，以后要看你自己的了。你有什么能耐尽管使出来吧！到时候田中老虎会派人送你回来的。回头见！"

邦德向哈梅顿挥手道别。跨进小屋，门自动关上了，桌上设有一排按钮。大汉将其中的一个按钮按了一下，邦德感到身体轻微动了一下，原来这个小屋还有一台电梯。他们在慢慢下降，邦德心想田中老虎这个家伙的把戏还真多，不知道下一个会是什么花样。

电梯开了好一会儿才停下来，大汉将门打开，邦德走了出来。一出电梯，邦德就呆住了。这是地铁的月台吗？有隧道，红绿灯，弧形的墙壁，小卖部。一个男人从小卖部走出来，用很蹩脚的英语说："中校，请跟我来。"然后把邦德领到一个"出口处"，从地势上看，从这里进去不远处应该是通往地面街道的阶梯。然而并不是，里面是一间办公室，中间是一条走道。

邦德被带进了第一间，看这里的陈设，像是办公室外间的接待室。有一名职员看到他，停下手中的打字工作站了起来，鞠躬，推开隔门进去，立刻又出来了，手拉住门，又向邦德鞠了一躬："中校，请进。"

邦德一进门，就听见背后有轻轻的关门声。一个身材魁梧的人，踏着华丽的纯毛地毯走了过来，伸出一双坚硬而又干燥的手："早上好，中校，幸会。"

他面带笑容，宽宽的嘴巴，露出满口金牙，长睫毛后的一双眼睛闪烁着炯炯的光芒。"请坐。你觉得我的办公室怎样，跟你的老板比起来，大不相同吧？这条地铁大概还需要十年才能修好，东京的空间已经没有什么余地了。我就开动脑筋充分利用一下这个空车站来办公。这里清净、凉快、隐蔽。只可惜我们不能住太久，一通车就要搬出去。"

邦德在田中老虎对面的椅子上坐下。

"这个脑筋动得真高明，上面的'民俗协会'我也深感敬佩。世界上竟然有这么多人对民俗感兴趣。"

田中老虎笑了笑："有什么问题吗？所有的文献都是免费赠送的，我也懒得去问会长具体都送给谁了，大概是美国人、德国人、瑞士人吧！不管什么东西只要印出来都会有人一本正经地去看，当然这种伪装很费钱，钱倒是不必我费心，由内务省支付。我们的部门都是精打细算的，你们那里大概也是这样吧！"

邦德想到，他既然是情报处的首脑，情报组织公开的费用他一定也知道，于是毫无掩饰地说："一年不过一千万英镑，要在全世界做工作，你想想能做好吗？"

田中老虎露出了满口金牙，说："所以你们关闭了在我们这里的站点，好节省一点儿开支。"

"不错，这个区域我们就请美国中央情报员代理，他们的工作效率很高，也愿意和我们合作。"

"麦康取代杜勒斯后，没有什么变化吗？"这只老狐狸还真厉害。

"没有太大变化，不过美国佬现在渐渐地把太平洋视作他们自己的后花园了。"

"那么你们是想从后花园里采摘你们喜欢的花朵，又不想让他们知道？"田中老虎咧着嘴笑了笑，越看越让人觉得像一只笑面虎。

邦德回应地笑着。这个老滑头，真不愧是一个特工头子，的确有一手。邦德在心中盘算着，不要上了他的圈套。目前要完全保持轻松的谈话气氛，邦德在笑声中想出了托词："我们有一个人——库克上校，还有一些别的人，在这个后花园中早已采摘过不少鲜花了。澳大利亚和新西兰是两个大国，都在后花园，你总不至于认为我们不应该对这个区域有兴趣吧？"

"中校，第二次世界大战，我们去打珍珠港而不去打澳大利亚，实在是你们的运气。如果我们想占领澳大利亚和新西兰，有谁能够阻止我们呢？你们没法设防，我们不用吹灰之力就可以占领这两个国家。我想我们的战略应该如此。这两个国家地大物博，人口稀少，非常符合我们日本的移民政策。如果真是这样，你们日不落帝国的领土将有一半会插上我们的太阳旗了。"田中老虎把一盒香烟推到邦德的面前，"抽烟吗？这是我国的新生牌，还是不错的。"

邦德带来的特级烟快要抽完了，迟早要抽本地烟的，还是在此开始比较好。田中老虎谈的话题实在不是邦德所擅长的，于是他就借此机会点上了一支烟。日本的烟的确很冲，吸进来犹如吸了90度的高度酒，他轻轻地将烟吐出来，微笑着说："田中先生，我们俩好像是在开日英高层圆桌会议，谈的都是一些失效而久远的历史，而我只配向你提出一些低层次的、关于未来而不是过去的东西。"

"中校，这个我了解，"田中老虎对邦德规避自己提出的原则性议题大为不快，"我们日本人有一种说法：大家谈明年，魔鬼笑哈哈，将来是无法预知的。你可以告诉我，你对帝国的印象如何？你的生活是否愉快？"

"我想，和哈梅顿先生生活在一起，到什么地方都是愉快的。"

"是的，他是一个今朝有酒今朝醉的人，生活就是如此。他是我的好朋友，我们相处得很好，我们两个人有很多相同的地方。"

"民俗方面？"邦德讥讽地说。

"一点儿也不错。"

"哈梅顿非常喜欢你，我和他相交得还不太深，但是我有一种感觉，他似乎很寂寞，一个人聪明再加上寂寞，那是很不幸的。假如他找到一位日本小姐定居下来，那不是比现在更好？你难道不能给他物色一位佳人吗？"邦德很高兴能把话题转到私人问题上。如此一来，精神上的紧张可以得到放松，说私人的事总比谈论国家大事要容易得多。但是谈论私人的事不见得就比谈正事好，不过现在暂且不管这些。

田中老虎是一个精灵鬼，邦德的心事，他似乎已经洞察到。他又笑了笑说："不用说了，我已经为他介绍了不少日本姑娘，结果都是不了了之。不过，中校，我们今天见面不是为了讨论哈梅顿先生的终身大事的吧？我想知道我能在什么方面可以为阁下效劳？请问阁下是否也想到这个后花园来采花？"

邦德笑了，说道："是！我想采的那朵花叫魔鬼四十四号。"

"唔，魔鬼四十四号，确实存在。我自然明白它对你们的用处极大。就在今天早晨，我还收到一份关于它的公文，足见它的吸引力是相当大的。"田中老虎打开抽屉，取出一本卷宗，邦德看到卷宗的封皮儿上印着"绝对机密"的字样。

田中老虎从卷宗中拿出两份公文，一张是日文的，一张是英文的。田中老虎把那份英文的推到邦德面前，然后说："我要你发誓不会把你即将看到的文件内容透漏给任何人。"

"我发誓！田中先生。"

邦德把文件拿在手中，文件写道：二级以上的工作站的负责人亲自破译密码，看后马上销毁。

正文如下：

一号在九月一日对苏联方面讲，证实我方拥有二亿吨威力武器，并定于九月二十号在挪威亚岛上空试爆。该地区预计会有大量辐射性灰尘，并会导致北极、太平洋、加拉斯加等地区的抗议。针对此点，莫斯科将对美方近期在一号抗议无效之下进行的试验实施报复性回击，发射核弹。这种武器仅需一颗洲际导弹就能发射到伦敦，可导致纽卡斯尔至卡罗索山以南地区的所有生命和财产彻底毁灭。第二颗将投放在阿伯丁附近，不列颠及爱尔兰将不复存在。上述事实，即将被一号作为外交武器充分利用，以迫使美方从英国所有基地撤出，英方中止核武器装备，甚至有可能会导致英美军事同盟的解体。可以假设美国不会为了一个至少现在看起来毫无价值的联盟而使自己的领土处于核战争的危险之中，从而达到其外交武器的预期效果，并会重复运用于欧洲及太平洋地区，以各个击破的方法，恐吓胁迫各国自行要求美国撤销军事基地。如果成功，这个伟大战略的丰硕成果将是保证俄国在可以预知的未来的安全，最终的结果可以与美国保持共存，和平共处。在此过程中，一号及我方机构，特别强调我方的和平意图，希望按照一号指令展开外交攻势，并在不说明原因的前提下，将在英国工作的我方侨民护返回国，以制造紧张的局势，为在此地区进行的行动做铺垫。这次在你们的工作站，除了要保守全部机密外，更应该保持高度的警惕，以确保工作站在随后的进程中一旦陷入其中，你们就会收到密码，并进行强制性的人员疏散，烧毁所有文件。代号使用第四十四号线路。

签字人：中央

邦德把文件推开，好像害怕辐射的灰尘会溅落到自己的身上，他嘘了一口气，点着一支新生烟，深深地吸了一口。"公文上所写的一号是否指赫鲁晓夫？"

"没错！二级及以上各站指的是领事馆和大使馆，有意思吧！"田中老虎笑了笑。

"你们持有这份文件而不给我们是错误的，我们两国不是签订了友好条约和贸易协定吗？你难道不认为持有这份文件而对我们保守秘密是不光荣的事情吗？"

"中校，'光荣'，在我们日本是很严肃的一个词，如果我国不信守和美国之间的诺言，那岂不是更不光荣？我和我们的政府都向美国保证，所有重要的情报都由美国负责转达，以免使情报传达路线复杂化，如果他们没有按照承诺行事，我也无可奈何！"

"田中先生，改写情报，隐藏情报来源，这样都会大大降低情报的价值。就刚才的资料而言，我们知道它是从敌方发出来的指令，如果华盛顿将这份资料转送到伦敦，一定会将原文全部改为第三人称，就大大减轻了情报的可靠性和紧急性，美国人一定改了原文的立场，使其符合美国的利益。但是，站在英国的立场上，必须争取每一分钟，采取紧急措施，当他们有撤退的迹象，我们可以立即将他们关进集中营里。"

"中校，我了解你的意思，不过这份资料不是可以从另外一个途径转送到伦敦吗？"田中老虎满面高兴的样子。

"请不要忘记我已经发过誓了，还有什么途径呢？"

"中校，我在英国的时候，英国人对我不错，我对贵国心存感激。我将一件国家高度机密的事情透露给你，这是由于我和哈梅顿的老交情，也是因为阁下的奉公职守和刚正不阿的态度。我很清楚这份资料对于贵国的重要性，文件的所有内容你都记下了吗？"田中老虎很诚恳地说。

"我想是的。"

　　"你为了你的荣誉，不会告诉任何人吧？"

　　"绝对不会！"

　　田中老虎站起来，伸出手，说道"中校，再见。我希望我们能够经常见面。"他那强硬的面孔再度露出笑容，"中校，我认为名誉是行为的一种形态，竹子虽然会随风而倒，但是强大的松柏又何尝不随风而摇呢？这话的意思是：一个人有时候会因为责任而失信于人。我已经为你准备好车子了，送你回宾馆，请代我问候哈梅顿。"

　　邦德握着那只坚硬的手，由衷地说："谢谢你，田中先生。"然后走出了密室。哈梅顿多久能与墨尔本方面取得联系？情报从墨尔本到伦敦又需要多久呢？

第六章
与 虎 谋 皮

　　邦德到东京已经一个多月了，与田中老虎的交情，从称呼上已经可以听得出来。田中老虎已经由中校改称共为"邦德君"，邦德也将田中先生的称呼改为老虎。田中老虎还向詹姆斯·邦德解释了一下他的名字。"詹姆斯，"他说道，"在日本工作很艰难，而且得不到足够的重视。邦德君有点像日本的词语 bonsan，它的意思是神父、老人。对于日本人来说 Bond 最后的硬辅音很难发音，如果出现这种外来单词我们通常会加一个 0 的音。所以你被称呼为 Bondo-san。这样就好多了。"

　　"在日本，bondo 是猪的意思还是有什么别的意思？"

　　"不，别无他意。"

　　"请原谅我这样冒昧，你们日本人好像很愿意开外国人的玩笑。我听说我的一个朋友，我们习惯称他为 Munko，却被叫作猴子。你刚才告诉我，在你们的语言中这是一个说不出口的词，所以我认为 Bondo 可能同样不是个好词。"

　　"不用担心，这是一个好词。"

　　几周后，邦德的任务并没有什么进展，田中老虎、哈梅顿、邦德三个人的友谊也在与日俱增。除了办公时间,三个人几乎天天在一起,吃喝玩乐。在行乐当中,田中老虎在揣摩邦德的个性和行为,邦德对田中老虎、哈梅顿也同样如此。但是他们心中都怀着对彼此的无限敬意。

邦德和哈梅顿在交谈:"老兄,我感觉田中老虎处处在掂量我。"

"我也有这种感觉,但是将你领进花园,再扯你的后腿,这样的事情田中老虎是不会做的。田中老虎是个讲面子的人,我看你还是到幕后去执行你的任务吧。田中老虎是站在你这边的,如果能得到田中老虎的协助,我想就有成功的希望。"哈梅顿客气地分析着。

"田中老虎有的地方确实够意思!"邦德回忆似的说。

"你们第一次见面,他就送了你一份重礼,这还是我闻所未闻的。可见他是欠了英国的情。但是,反过来讲,从那一天起,你也欠了他的人情,越积越多,越垒越重,我看你也得准备一件宝贝还给他。这样双方才会平衡。"

"还没有把握。"邦德心存犹豫,如果向田中老虎要的"魔鬼四十四号"是一只龙虾的话,以澳门的"蓝色航道"这只小鱼去做交换,是否合适?初次见面看的那份资料的分量已经够重的了。两万吨的核弹如果真的如期试爆,各国的反应一定不出莫斯科所料。

几天后田中老虎又在地下密室召见了邦德。

"我当然不能重复这些,"田中老虎脸上挂着诡异的笑容,"上次我让你知道的事情中央将延期采取行动。"

"谢谢你提供的珍贵资料。"邦德很郑重地说,"你一定会很清楚,三周前你做了一件好事,缓和了国际之间的紧张,尤其对我国更为有利，我国政府非常感谢你，今后是否还有机会再蒙你的赐助？"

邦德也学会了绕圈子说话的技巧。因为在他与哈梅顿相处的这段时间里，邦德在他身上了解并学会了日本人的习惯。哈梅顿讲起话来极尽巧妙，圆滑之至，颇能迎合听他讲话的人的胃口。

"邦德君，说实在的，你要的这朵魔鬼四十四号，是一种稀有而异常珍贵的植物，因为它的价值也异乎寻常，贵国预备付出怎样的代价来获得它呢？"

"我们在做中国大陆的工作，有一个非常重要的情报网，我们称为澳门'蓝色航道'，由此所获得的全部成果将全部奉送。"

"邦德君，在我未说明前，先向你告罪，你们的那个澳门'蓝色航道'在成立之初，我的人已经渗透进去，自开始至今，我就享用全部成果了。如果不相信，我可以将全部档案拿给你看，我们将它重新命名为'橙色航道'。里面的资料还不错，只可惜我已经全都有了。还有别的宝贝可以同我们交换吗？"田中老虎的眼睛射出诡异的光芒。

邦德苦笑起来，心想：M和我们的东方情报组引以为荣的"蓝色航道"投入了大量的资金，花了很多功夫，也冒了很大风险，到头来居然将果实无任何代价地全送给了日本人。上帝啊，这次出差可真是大开眼界。这个消息带回组织，非天下大乱不可。想到这儿，他柔和地说："我的宝贝多得很！既然你认为你的名贵花很值钱，那么就请你开个价吧。"

"就是说你们有同样价值的宝贝可以交换？并且有助于我国的国防？"田中老虎似笑非笑地问。

"毫无问题，"邦德理直气壮地说，"我倒有个建议，如果你有空的话，可以到伦敦去玩一趟，顺便看看我们货架上的货色，那些东西或许就有你们想要的！我想，我的老板，对你的到访也会引以为荣的。"

"这样说来，好像你没有谈判的全权？"

"老虎，连我自己也不知道有多少货色，因为保密的关系，我不能看我们老板的总账，我只能将你说的话和你需要的货色传递给我老板。但是，只要我个人能力所及的事情，我很乐意为你效劳。"

田中老虎沉默了，好似在研究邦德的话，权衡对他有多少好处。

面谈结束时，田中邀请邦德不久去艺妓馆喝花酒。邦德告辞后，怀着一种难言的心情草拟发给墨尔本和伦敦的报告。

这是在艺妓馆猜拳的第三天下午，邦德坐在田中老虎家里的虎皮椅上，对面墙上挂着巨幅水墨画，上面画着一只猛虎，神态逼真；地上铺的是泰国的名贵地毯，上面织着白额老虎，更是威猛无比；餐桌上放着一只张着虎口的烟灰缸。邦德将烟的尾部在这只烟灰缸上掐灭，说："老虎，这间书房怎么到处都是老虎？"

田中老虎笑了笑："因为我是虎年生的，名字又叫老虎，可以说对虎情有独钟。因此我的这间书房就以虎为陈设主题。"田中老虎向邦德看了看，继续说："邦德君，我来给你算算你是哪年生的？"

邦德报了他的年龄，田中老虎笑了。

"看来你是出生在可怜的鼠年。"

邦德现在学得也圆滑了，说："我这只可怜的老鼠，还得仰仗你这只猛虎来保护啊！不过你也要小心些，老鼠已经钻进了老虎的耳朵里。"邦德哈哈大笑起来，田中老虎也嘻嘻地笑起来。

邦德喝了一大口清酒说："老虎，我很不愿麻烦你把我扔出地球，但我倒希望了解到你们东洋镜里到底能变出多少花样来？"

田中老虎把椅子向邦德这边靠了靠，他的声音变得异常温和："这样的话，我们可以谈些有趣的事，但与贵国的利益毫无关系。现在我的故事就要开始了。"田中老虎从椅子上站起来，走到榻榻米又坐了下来，双腿一盘，典型的日本人坐法，清了清嗓子，开始了他的叙述："在一百年前，日本改革成功，历史上称为明治维新。一直以来有很多外国人来到日本，并决定在日本定居下来，这些人大半是狂人、教士和学者。日本在'二战'失败被占领以来，大多数外来人士都是美国人，美国人好像对东方的生活特别感兴趣，原因是：他们已经厌倦了自己的浅薄文化。在那种文化的熏陶中，只知道吃烹饪粗劣的食物，一个个吃得像肥猪，体重增加，导致行动不便，出门要坐汽车，或者干脆坐在家里不动，德、智、体三方面都日渐退步。由于人们相信金钱是万能的，崇拜它的魔力，以它的多寡来评定人的标准，从而诱使人们不择手段去追求金钱，即使犯法或不劳而获也在所不惜，真是令人可叹！"

"你说的话确实很有道理，"邦德插嘴道，"可是贵国政府不是也正在鼓励人民走这条路吗？"

田中老虎咬牙切齿，表情似乎有点儿不屑，他说："因为战败，我们必须忍受着口香糖、可口可乐、热狗、游乐场、五颜六色的霓虹灯、牛鸣马嘶的热门音乐、脱得一丝不挂的肚皮舞，我希望这只是一时的现象，我们把这一时期称为可口可乐潮。人们无法鞭打失败的政府以泄愤，只好借民主之名，对政府认为崇高的东西——武士道精神的神风攻击队、神道的崇拜、祖先的祭祀等，通过各种方式加以攻击和反对！这些人愚昧无知，真是可悲啊！"

田中老虎感慨万千，接着说："从日本整个历史来看，这些人只能算是一群朝生夕死的蚊子和苍蝇罢了。"田中老虎停顿了一下，"现在我们说正经的话题，美国人大部分都富有同情心，但只限于对日本低层次的人而言，他们欣赏日本女人的温柔顺从，即便那些都只不过是虚情假意。他们也欣赏日本旧社会残余的简朴，也醉心于日本的花道、茶道，对祖先的崇敬，对历史的膜拜，而他们对这些事物的意义也许一无所知。"

"老虎，我觉得你的话有夸大其词的地方。我个人就有很多朋友并没有你说的那么肤浅。你所说的可能是一些美国大兵，他们的祖宗，也许是德国人、爱尔兰人、捷克人和波兰人，他们本应该在自己的国家里耕田、打铁、开厂或打鱼。只是现在他们多了几文钱，就六亲不认，跑到美国，把星条旗作为共同的国家旗帜了。这些人到了日本，娶妻生子，定居下来，一旦发生什么情况，还不是拔腿就跑？好多德国人在英国定居，这次大战爆发后的表现，不就是很好的例证吗？"

田中老虎听完邦德的这番话，深深地鞠了一躬。

"邦德君，请原谅我的放肆，你说得很对，我不是向你发泄被人家占领的牢骚，或是发泄对战败的积怨。你说得对，我也有很多朋友有教养、有成就，也在日本定居下来，他们在科学、艺术和文学方面都有很深的造诣，被日本社会引以为荣。"

"因为我们的国家从来没有被人占领过，我们从未经历过一种文化强加于我们的文化之上的情形。因此，处于同样的情形将会产生怎样的反应，这是难以想象的。好了，我们言归正传吧！"邦德从壶中倒了一杯清酒，一饮而尽。田中老虎活动了一下筋骨，又打开话匣子："如我刚才所说，大部分人都与世无争，但是有一个怪人，今年春天来到日本。他与众不同，是个无恶不作的混世魔王，妖魔的化身，十恶不赦的恶徒。"

"老虎，我遇到的坏人倒也不少，大致来讲多半就是如此疯狂，你所说的是否也是这一类的？"

"恰好相反。此人对日本人民的热忱可以证明他是一个杰出的人才，是一个工于心计的人物。日本的科学家、学者一致认为他是一位科学研究者，也是一位前无古人，后无来者的收藏家。"

"他收藏什么东西？"邦德好奇地问。

"他收藏的是死亡。"

第七章
死 亡 乐 园

邦德听完田中老虎的一席话，不由得笑了出来："收藏死亡？难道他是一个以杀人为乐的凶手？"

"邦德君，绝对不是这么简单，他用尽各种办法教唆和诱惑人们自杀。"

田中老虎皱了皱眉头，接着说："他营造了一处死亡乐园，免费供人充分利用。从建成到现在这半年里，已经有五百多个人在那里结束了自己的生命。"

"那你为什么不逮捕他？枪毙他不就除去这个祸害了吗？"邦德轻松地说。

"邦德君，如果真的能这样做，那就简单了！"田中老虎好像有千言万语，表现出一种有难言之隐的样子。"还是让我从头说起吧！"田中老虎在心里捋了一下故事的脉络，接着说："今年正月，有一对合法入境的老夫妇，男的叫夏维罕博士，他的太太叫爱斯密，两个人都持有瑞士护照。那个男的自称是植物学博士兼艺术家，对热带植物有独到的研究。他还持有巴黎园艺协会的推荐书及丘植物园（英国伦敦西郊的一所国立植物园）的证书，以及其他一些类似的证书。

他到了日本后与同领域的组织及农业部接触，并召开记者招待会宣布他将设立一个一百万英镑的基金，在日本筹划建立一所世界上最完善的植物园，只是这所植物园是专门提供给日本有声望、专门研究植物的学者和专家使用，对一般人不开放，因为它收集了世界上最有名的奇花异草和稀有植物，供专家们培植，进行科学研究。如果对园艺略有所知的话，你就会知道这将花费多大的人力和财力才能办到！"

"很抱歉，我对园艺完全是外行。后来呢？"邦德倒是很希望听听故事后来的发展。

"日本政府为了答谢他的慷慨和善意，批准他可以在日本居留十年。像这样的特权是史无前例的。因为手续的关系，移民局请我们调查这个博士的背景。由于我在瑞士没有熟人，只好请美国中央情报局帮忙调查一下，我们得到的答复是：他出生在瑞典，在瑞士认识他的人并不多，但基本上没有什么问题，虽然他在瑞士只有一栋公寓，但是在瑞士联合银行的存款是一等的。据我了解，所谓一等，最低限度也得上千万才够资格。由于瑞士联合银行是以金钱的多寡来衡量人的好坏的，因此瑞士方面说此人没有问题，这样别人也就无从提出异议。但是他自称是植物学家和博士这一点却是无法加以证实的。后来他就把从世界各地搜集来的植物、树木、花草都种到了园子里。这样看来，他是一个很有趣而对日本又无害的人。如果说作为一个植物学家，多少对日本还是有利的，你说是吗？"

"根据你所说的，确实如此。"

"这位植物学家在日本环游了一周，看中了我们九州的一座古老的庭院，是距福冈不远的一个偏僻海岸边。这一带有不少王府豪宅，它们俯视着竹岛海峡。这些府邸由于历史久远，大多已破败不堪。我现在说的这座庭院稍微好些。从前这里住着一户古怪的人家，是日本纺织巨头。这所庭院的花园外边有一道非常高的院墙，而这道院墙正合博士的心意，他雇了很多工人和装修设计人员，短短几天就使其焕然一新。从各地搜集来的植物花草也陆续运到我们国家。这位博士和他那位奇丑无比的太太——活像一个母夜叉，很快就搬了进去。随后开始招募愿意为他工作的人。"

说到这里，田中老虎的脸色呈现出不快的神情，"福冈的警察局长报告说：这对夫妇形迹可疑，恐非善类，计划进行密切监视。我起先还不以为然，认为他过于敏感。后来警察局长对博士雇用的人员加以调查，结果发现他们都是清一色的黑龙会的人。"

"黑龙会是什么组织？我很想知道。"

"应该是曾经！"老虎纠正了一下，"这个组织在战前就正式解散了。它是日本一个最强大的帮会秘密组织，日本老百姓当时提起黑龙会无不谈虎色变。它里面什么不良分子都有，匪徒、恐怖分子、法西斯党徒、贪污官员、被革职的官员、走私犯以及一百年前的明治维新后无以为生的那批残余政治势力。此黑帮势力无比强大，无恶不作，最奇怪的是，后来很多政府官员、内阁部长等都加入了黑龙会。他们狼狈为奸，兴风作浪，闹得日本社会乌烟瘴气。更无聊的是，不过不像我今天讲的这些一样无聊，它在地点的选择上通常不应该考虑到传统，但是却选择在日本过去曾经是黑龙会总部的地方，把它变成那些极端主义的温床了。黑龙会的前任头目富士吉田，无政府主义分子广田，法西斯分子中野都来自福冈。那里曾经是恶徒的巢穴，直到今天也是。因为这些极端组织并没有完全被消灭。所以亲爱的邦德先生，这也是你在英国发现黑衫党复苏的原因。"

"这位夏博士很快就招募到二十个危险分子，身着他们自己设计的衣服，分别做他们的园丁、仆人和守卫。不过毫无疑问他们更擅长从事秘密的工作。"

"有一次警察局长登门拜访，并很客气地提醒夏博士注意，指出他所雇用的都是一些危险分子，过去都有不光彩的历史。为了安全起见，请他多加考虑。这位夏博士根本不接受忠告，他认为这些人虽然过去有不光彩的历史，但是现在已经改过自新了。只要能够很勤奋地为他工作，安分守己，保护他那些来之不易的植物，不使它们被损坏，就是一个好工人。这种说法听起来冠冕堂皇，而且在表面上财势压人，也很能令人信服。警察局长向他鞠躬告辞，还顺便参观了一下园内的情况，陈设华贵，气派万千。亭台楼阁，奇花异草，满园飘香，给人留下难以忘怀的深刻印象。"

为了引起邦德的兴趣，田中老虎缓了一下，喝了一口三得利啤酒。邦德利用这个机会向老虎询问黑龙会是否真很危险，是否类似于中国的那种帮会。

"势力更强。你听说过国民党时期的青帮和黄帮吗？相比之下，黑龙会势力更强。如果你落到他们手上必死无疑。他们非常残忍，但却可以逃脱政治的制裁，因为他们已经贿赂了政府的官员。"

"那么，那位瑞士博士的手下有没有干什么坏事呢？"邦德抬起头，心想这个国家情报组织的首脑人物居然讲了一些有点儿戏剧化、好笑的事情。

"没有，他们没有进行任何行动，都真的待在庭院里。麻烦不在这儿，它要比想象中复杂得多。你要知道，关键问题出在夏博士创建的那个死亡乐园。邦德君，从表面上看，这实在没什么大不了，但是复杂的地方在园子里面。请你继续听下去。你知道这园子里种的都是什么花木吗？全都是有毒的植物，园内的沼泽和小河，也全部养的是有毒的鱼类。园内还搞来很多有毒的动物，像毒蛇、蝎子和毒蜘蛛等，让它们在园子里自由活动和觅食。那个博士和'母夜叉'都不怕这些毒物，但是他们走出来，都穿着长筒胶鞋和防护衣，就像十七世纪的武士穿着盔甲一样，还戴着消毒口罩，以防感染。"

"这位博士真是精心设计游乐的圣人。"

他们进入房间时，田中老虎换上了轻便的和服。他拿出几张钉在一起的文件，把它们递给邦德，说："耐心一点儿，对你不清楚的内容请不要进行评价。我对这些有毒的植物也是一无所知，我觉得你也是。这里是到目前为止我们收集到的那个博士种植的毒物，还附有我国农业部的意见。花点儿时间看一下吧。你一定会对这些长在地球上的迷人植物感兴趣的。"

邦德接过文件，只见第一页是植物毒药的清单，后面还带有注解。文件上打印着农业部的密封印章。文件内容如下：

毒药主要有以下六种：

1. 神经错乱——症状：鬼怪的幻觉，精神极度兴奋，瞳孔放大，口渴和痉挛。

2. 致醉剂——症状：大脑机能和循环处于兴奋状态，失去协调和身体活动能力，双重幻觉，然后陷入睡眠或深度昏迷状态。

3. 惊厥剂——症状：从头以下发生间歇性痉挛，通常会在三小时内筋疲力尽而亡，或者迅速痊愈。

4. 镇静剂——症状：眩晕、呕吐、腹部疼痛、神情困惑、痉挛、瘫痪、昏迷，有时会出现窒息。

5. 虚弱——症状：麻痹、嘴唇麻痛、眩晕、呕吐、腹部疼痛、腹泻、精神错乱、瘫痪、昏迷。

6. 刺激——症状：咽喉和腹部灼痛、口渴、恶心、呕吐，死于惊恐、惊厥或者精疲力竭而亡，或者因咽喉和腹部受伤而死。

海关和税务部门提供的博士引进植物的清单：

牙买加山茱萸（毒鱼豆属）：常绿乔木 30 英尺，开白色、血红色的花。麻醉剂类。毒素成分：山茱萸、番木鳖碱。产地：东西印度群岛。

马钱树：常绿乔木，40 英尺，果实表面光滑，味极苦，开白绿相间的花，种子有剧毒。惊厥剂类。毒素成分：番木鳖碱、马钱子碱。

圭那亚毒树（马钱子）：藤蔓植物。从树皮上提取的毒素，可以在一小时内让人呼吸麻痹而死。毒素成分：箭毒马鞍子、番木鳖碱。产地：圭亚那地区。

人工种植的见血封喉树：高大攀缘灌木，马钱子碱和番木鳖碱从这种树的叶子、种子、根部和茎部提取的毒汁。产地：爪哇。

东印度的蛇纹树：攀缘类，产生马钱子碱和番木鳖碱毒素，可以引起痉挛症状。产地：爪哇、帝汶岛。

吐根树：灌木，镇静剂。毒素成分：吐根碱。从根部提取的。

产地：巴西。

白毒毛旋花，加蓬湾箭毒：木质藤本，6英尺高。虚弱剂美。毒素成分：毒毛旋花甙元。产地：非洲。

海杧果（海杧果素）：矮小的常绿植物，20英尺高，淡绿色。虚弱剂类。毒素成分：毒海杧果碱，海杧果毒素。产地：马达加斯加岛。

见血封喉树，马来西亚箭毒：一种高大的常绿乔木，100英尺，木质轻，白色，坚硬，乳汁含剧毒。虚弱剂类。毒素成分：弩箭子碱，从树液中提取。虚弱类。产地：爪哇、婆罗洲、苏门答腊岛、菲律宾。

毒常春藤，毒栎，毒漆树：攀缘灌木，黄绿色花，茎含有乳汁，具有刺激性，全株有毒。产地：美国。

黄花夹竹桃：常绿灌木，全株均有致命毒素，特别是果实。能引起脉搏迟缓、呕吐、战栗。产地：夏威夷。

蓖麻子（蓖麻）：是蓖麻油的原料，含有蓖麻毒素，直接食用是无害的，但是如果通过皮肤创伤或擦伤进入循环系统就会在7～10天致人死亡。百分之一毫克的蓖麻子就可以毒死一个200磅的成人。将引起食欲不振、呕吐、腹泻、精神错乱和精神崩溃，甚至死亡。产地：夏威夷、南美。

普通夹竹桃（夹竹桃科）：常绿灌木。根部、树皮、树汁、花、叶子都有致命毒素。主要作用于心脏。在印度被用作麻风病的治疗和堕胎。产地：印度、夏威夷。受害者吃了用夹竹桃树枝烤过的肉，树汁就会从枝干中渗到肉中致人死亡。

鸡母珠：攀缘灌木，种子是光泽的红色。其根、叶、种子均有毒，种子最毒。人或动物皮下接触到会在四小时内死亡。产地：

印度，夏威夷。

曼陀罗（茄科毒草）：有多种曼陀罗，北非、印度曼陀罗，墨西哥牵牛花和中南美的紫色曼陀罗，这三种都可以使人产生幻觉。阿拉伯人和斯瓦希里人都吸食曼陀罗的果实。东非的黑人吃它的叶子，孟加拉的印第安人将种子制成海吸希，叶子制成大麻。萨巴特克的印第安人将紫色曼陀罗当作毒品使用，法律是允许的。曼陀罗的毒素可以导致慢性痴呆。

嘉兰：蔚为奇观的美丽攀缘型花卉，百合科。根、茎、叶子含有一种催眠剂，包含秋水仙碱、胆碱成分，味苦。这几种毒素都具有致命性。产地：夏威夷。

莎禾属：这种树含有类似于蓖麻毒素的成分，如果直接吞食无害，但是如果通过伤口进入循环系统，将会在 2～7 天致人死亡。产地：中南美洲。

大花紫薇，苦楝皮：矮树。深绿色的叶子淡紫色的花，果实有毒，可以使神经系统受损。产地：夏威夷、中南美洲。

麻疯树：树叶浓密。种子和巴豆一样能引起剧烈的腹泻，使人精疲力竭而亡。产地：加勒比海。

墨西哥土豆：野生马铃薯，生长广泛。根据印第安传统要在月亏时把土豆挖出来。据说土豆在存放期间会产生致命的毒素。毒素成分：茄碱。产地：中南美洲。

神奇蘑菇：直接食用这种黑蘑菇，或者与龙舌兰属植物一起浸入热牛奶中，能引起皮肤过敏，听觉和视觉受损，会在几个小时内产生幻觉，随后陷入深度昏迷。毒素成分不明。产地：中南美洲。

邦德看完后将文件交给老虎，然后对老虎说："这个博士的花园里种的植物真是太有意思了，他可真是个天才！"

"你听说过南美洲出产一种食人鱼吗？它们在一小时内可以吃掉一匹马，只剩下骨头。这种鱼最喜欢吃人肉，在南美游泳的人经常会被咬掉大腿。这个博士在池沼里就养着这种鱼。你说他是何居心？""老虎，我真是愚钝，我真是想象不出来他养这么多毒蛇、怪鱼干什么？"

第八章
借 刀 杀 人

时间在谈话间不知不觉过去了，已经凌晨三点。公路上已是一片寂静，邦德毫无倦意，像听神话一样倾听田中老虎讲死亡专家花园里的奇闻逸事，田中老虎确实有不为外人所知的秘密。今晚讲给邦德听的绝非是茶余饭后的闲谈。

田中老虎用手心搓了一下脸，说："今天的新闻晚报，你看过了吗？有一起自杀事件。"

"没有。"

"惨极了，一个十八岁的青年，两次参加大学考试都没有通过。今天放榜时发现榜上又没有自己的名字。他走到正在扩建的工地，趁打桩机工人不注意跳下地基，把自己的头放到了打桩机下面，正在工作中的打桩机砸在他的头上，脑浆四溅，顷刻之间脑袋就变成了肉酱。哪怕是铁石心肠的人，看了也会黯然泪下，场面真是惨不忍睹。"

"这个青年为什么要这样呢？"邦德不忍地追问了一句。

"因为他给父母和祖宗丢了脸，在亲戚朋友面前失去了面子。为了赎罪他就踏上了这条不归路。自杀是日本多年来留下的传统，也是日本人最不幸的一面。"田中老虎叹了口气又说，"这样一来，他和他的父母在亲戚朋友、邻里乡里面前受到了赞美，因为他做了一件非常勇敢又很体面的事。"

"把自己的头砸成肉酱，这算什么勇敢和体面的事啊？"邦德疑惑地问。

"这好比你死后，你的女皇为你追颁了一枚维多利亚十字勋章。"

"那是因为我生前立下了汗马功劳呀，而不是因为死亡才领到功勋章！"

"我们日本人的想法就不同了。洗清耻辱是必须的。而结束自己的生命就表示有雪耻的诚意，也是雪耻的最佳方法。荣誉比我们的生命还重要，只有光荣地活着，生命才会有光彩。"田中老虎尖刻地说。

"这和我们英国人的想法大相径庭。我们认为自杀是懦夫的行为，也是没有勇气面对现实，接受人生挑战的表现。谁要是这样做，谁就会给自己带来耻辱，并丧失祖先和父母的面子与荣誉。如果在我们英国考不上大学自己可以尝试比较容易考的学校，如专科和技校。自己不会找，父母也会帮忙找的。名落孙山最多不过是骂一句'见鬼去吧'。'留得青山在，不怕没柴烧。'总有一天会有出头之日的。大概你们日本的整个历史都弥漫着自尽的病态，自杀是一种刺激的诱惑。一个人对自己的生命如此轻视，那么他怎么会珍视别人的生命呢？前几天我在东京的闹市区看到一起连环车祸，整个现场躺满了人，有的已经死亡，有的重伤，血肉横飞，惨不忍睹。警察来到后，并不是先抢救伤者，而是忙着丈量、画粉笔线，照相，检查肇事车辆，

大概是要送到交通法庭作为现场证据。一切事情检查妥当后才去看
死亡的人、伤者和奄奄一息的重伤者。这也是一件让我这个英国人
无法理解的事。"

"这有什么大惊小怪的呢！"田中老虎冷静地说，"日本人口过
剩，车祸不是一种很好的减少人口的方法吗？政府认可合法堕胎，
太太们、小姐们挤满了医院的妇产科，看看她们的病历表，十张有
九张上注明的是堕胎。每天医生杀死的胎儿大概要用天文数字来计
算，这也是一种减少人口的方法呀！不过我要说明一下，自杀是日
本人解决问题的方法，但并不是出于一种病态兴奋的心理。自杀的
人都很冷静。我给你讲一个例子：主君浅野被人暗杀，他手下的
四十七名卫士立誓复仇，他们如期找到仇人替主君报了仇。后来他
们聚集在一个叫赤穗的地方，集体剖腹谢罪，他们认为没有尽忠守职。
四十七个人，一个也不少。每年的祭日，专用列车会运送向他们朝
圣的人，你能说这是一种病态与兴奋吗？"

"假如你们是这样教育你们的儿童，自杀的行为就很难避免了。"

"正是，每年都有二万五千至三万人结束自己的生命，而且人们
还用心选择自杀地点，如果不能压倒别人的风头，就赶不上时代的
潮流。"

"以自杀来出风头，博取人们的赞赏，真是件不可思议的事。"
邦德感叹地说。

"不久以前，有一个学生失恋，竟然在林场上试图把自己的头
锯掉，结果成功了，因此赢得了全国人的喝彩。还有一对情侣，担
心爱情不会长久，竟然一起牵手从日本最有名的华严瀑布跳了下去。

前几天又有一个人跳进了火山口。自杀的花样无奇不有。我们政府成立了防止自杀中心，但是收效甚微。日本的火车道如蜘蛛网一样，每天晚上卧轨自杀的人不知道有多少，实在是防不胜防！"

"整晚都在听你说这些，可这些到底与夏博士家的花园有什么关系呢？"

"关系太大了，夏博士家的花园虽然对民众不开放，但是对于那些想自杀的人来说，死亡乐园的诱惑实在太大了。不知道他通过什么法术和秘密宣传，只要有自杀念头的人就会想到死亡乐园，觉得去那里不仅死前可以享受大自然的美景，死后也一定可以去天堂。只有到那里去结束生命才觉得没白活。

"他们到那里自杀，可以全方位享受这个过程。他们乘船渡过琵琶湖再坐快速列车到达福冈，然后沿着风景宜人的海岸便到了死亡乐园的高墙下，贿赂送食物的人，偷偷溜进去，然后走向毕生最后一段路，在最后一段黄泉路上憧憬一下经历的欢乐和心酸，展望一下极乐世界的美景，然后等待死神的降临。死亡是肯定的，但是死亡之路却是不可预测的。当你在花园里走动时，也许被毒蛇咬一口；也许你看到那美味的果实，咬上一口；也许树上的毒汁流出来落在你的皮肤上，中毒而死；也可以选择一个喷烟的火山口跳下去，这里的温度在摄氏一千度左右；喜欢水的人可以纵身跳入水中，然后很快就喂鱼了。

"真正想去参观的人和植物学家给看门人出示证件就可准许入内。但是那些一心想自杀的人则会使出浑身解数克服一切困难进去，完成心愿，犹如东柏林的德国人想尽一切办法投奔自由一样。

"夏博士立了许多骷髅头的木排和交叉死人骨头的牌子，警告人们不得入内。这些招牌无疑是对人类的召唤，为路人指点迷津！来吧，死亡乐园在此，要想自杀，就进来吧。"

"老虎，既然日本人对于死有一种超脱的自豪感，岂不是得偿所愿，就顺其自然好了？"

"外国人设了圈套，引导日本人走向死亡之路，这岂不是有损我们日本人的面子。绝对不能让它存在，而且我是奉首相的密旨来设法阻止的。""那你就放把火把园子烧掉算了。或者你就干脆把他抓起来，给他定个罪，拉出去枪毙，不就结了吗？"

"没有拘捕他的理由啊。他没有做触犯法律的事，而且表面上看，他是一个科学家，对植物学很有研究，日本人到他的园子里自杀，怎么能怪他呢？而且从他的立场而言，还可以理直气壮地说'你们这些日本人打扰我的研究工作呢！'并且逮捕一个有地位和身份及很有钱的外国人，提不出有力的犯罪证据，在国际上会产生不良的后果。何况瑞士政府一定会提出抗议，他是有钱人，一定会找到国际上最著名的律师为他辩护。到时候会有越来越多的人知道死亡乐园的事情，想到那里自杀的人一定趋之若鹜。"

"你开始有所行动了吗？"邦德追问了一句。

"我已经请不同的调查团体去访问，他们都受到礼遇，并且恭敬地听他发牢骚，因为许多自杀者将他的研究成果和奇花异草折坏了，这使他痛心疾首。他表示愿意全力阻止游人进入，以防止这些不愉快的事情和令他痛苦的事情再次发生。他现在正在打算设立一个研究室，将植物体内的毒素提炼出来，无条件地提供给日本的医学界和科学界。这些毒汁在医疗单位是非常急需的,他这样做无形中便成了一种贿赂,许多调查团反而站在他的立场上替他说话了。"

邦德忽然感到一阵很强的睡意袭来,看看时间,已经是凌晨四点钟了,东方已经泛起了光。他把最后半杯清酒倒入口中,感到舌头上好像长了一层厚厚的舌苔,已经无法分辨出酒的味道,他不想再听这样无聊的故事,床和枕头才是目前他最渴望的东西。可是田中老虎看起来却好像没有丝毫睡意。他那双炯炯有神的眼睛仍在明亮地闪烁着,脸上的神情仍然透出无限的精力和斗志,好像一只刚出笼的猛虎,正准备做噬人的姿势、生死的搏斗。他又伸了伸腿,接着说:"在一个月之前,首相对这个园子是否有保留价值的问题已经演变到公开在报纸上争论的阶段了,首相命令我去查明真相后向他汇报。我派出一名得力干将去调查。一星期后,在死亡乐园附近的海滩上发现了他,双眼已瞎,不省人事。下半身被火烧得体无完肤。经过紧急抢救,他才醒过来,他的口中念叨着:'好悲惨啊,红蜻蜓在坟墓上飞舞……直到死亡。'"

邦德在恍惚朦胧中继续听着。天已经亮了,小院中的流水,淙淙作响,这个英国人置身于日本大亨的寓所里,四周是纸门和榻榻米,他感到处处陌生,双眼如负千斤重担般沉重,肚子里装满了清酒,却在聆听一个可信的人讲着让人不敢相信的故事。

"后来怎么样了,老虎?"邦德在迷蒙中又问了一句。

"后来还有什么好说的,我只能向我的长官请罪了,等待寻求一个圆满的解决办法,一直等到你来,才算等到了结果。"田中老虎一本正经地说。

"等着我？！"邦德的睡意一下子被吓跑了，眼睛一亮，头脑立刻清醒了。

"不错，打算请你跑一趟！"田中老虎好似鬼迷心窍一般。

"老虎，时间不早了，大家睡觉吧！等明天我们再谈，到时候我也许会给你提供一点儿建议。"邦德伸了伸懒腰，想站起来。

"请坐下，"田中老虎口气十分坚定地说，几乎是命令，"如果你还有爱国之心的话，那就请你明天即刻动身，"他看了一下手表，"从东京搭十二点的新干线南下，就可以到九州的福冈，你不用回宾馆了，也没必要去见哈梅顿。从现在起你就一直听我的命令好了！明白不明白？"

邦德就像被蜜蜂叮了一下，坐直了身子，问道："老虎，到底是怎么一回事？"

田中老虎神情严肃地对邦德说："你上次在我办公室的时候说过为了交换魔鬼四十四号你可以做任何我要你做的事。"

"我没说一定会替你办到，我只是说'在我力所能及的范围内，愿意为你效犬马之劳'。"

"这就够了，君子一言，驷马难追。我听到你这样讲我才去见了首相，他命令我立刻采取行动。但是此事需列入国家机密，只有你、我和首相知情，绝对不可以让第四个人知道。"

"好了！好了！老虎，"邦德不耐烦地说，"请你说清楚一些，你到底需要我为你做什么？"

但是田中老虎却不紧不慢地说："邦德君，从现在开始我们就是一家人了，我说话不客气的地方请你多多见谅。我们执政的官员，包括我在内，对战后贵国人民似乎都缺少好的评价。大英帝国日渐衰落，你们却无动于衷。而且你们自己还亲自砸掉了曾经光彩夺目的金字招牌，你们许多莫名其妙的表现，像在苏黎世运河上表演的那一幕，使人们看了就泄气。如果这一幕不能算是历史上最恶劣的一幕，至少也算是最可怜的一幕。你们的政府已经三番两次地表现出没有统治能力了，并把统治权过渡给工会，工会的政策是：工作越少越好，工资越高越好。过去，你们英国人一直在标榜'诚实是最好的政策'，难道这样做就是诚实的表现吗？少做事，多拿钱就会有助于国家的富强吗？一向被世人尊崇的帝国，好像是一头顽强的公牛，被困在工会的牢笼中，渐渐变成了一头又病又瘦的老牛，奄奄一息，只好在牛棚里躺着等死。同样的问题也困扰着你们的国家，你们的官员们醉心于吃喝嫖赌，寻求快乐，整天沉浸在官场秘闻、贵族大臣的风流艳事和流言蜚语中。"

詹姆斯·邦德放声大笑："老虎，你形容得真是淋漓尽致啊！你应该写份报告送到《泰晤士报》读者投稿一栏，署名"八十岁的老牛郎"。你离开英国太久了，跟它有了很大的隔阂，你应该抽空去看一下，到处转转，你就会对你的这些评论感到惭愧。英国已经是今非昔比了。"

"邦德君，你一定觉得很无辜。'实际上还不错'，这就像一个成绩很差的学生没有考好的借口。凡是真正的朋友都会批评你们实际上并不好。现在，为了拯救这个曾经不可一世的帝国，摆脱崩溃的厄运，你不远万里来到这里向我要求一些非常重要的情报资料。我们为什么要给你们呢？这样做对我们又有什么好处呢？对你们又有多少好处？这就好像在酗酒、潦倒的拳手不可避免地倒下之前，给他一包盐又有什么用呢？"

"老虎，嘴上积点儿德，不要光批评别人，忘了自己。"邦德虽然很有教养，但实在听不下去了，气愤地说，"就是因为你们日本受到潜在的军事束缚，想急于摆脱美国人的主导。你怎么可以以武断的标准去衡量别人呢？告诉你，朋友，英国在'二战'期间是国力不行，但是我们的福利政策还是很成功的，我们有更多的休闲自由；我们辖属的殖民地自由化的速度太快，但是我们还是登上了珠穆朗玛峰，赢得了无数场体育比赛的胜利，多次荣获诺贝尔奖。我们的政治家也许会有令人失望的地方，难道你们的政客就使人百分之百满意？总之，英国的大多数民众还是很不错的——虽然只有五千万。"

田中老虎听完高兴地笑了："邦德君，说得好，果然不出我所料。有名的英国坚韧主义者终于招架不住我凌厉无比的唇枪舌剑而发火了。邦德君，我丝毫没有恶意，我只是做一个测试。我和我的首相也说过类似的话，你猜他怎么说？他说：'好，你去考验考验那位中校，他成功的话，表示英国人还是很能干的，到时候我们叫他拿走那件宝贝，也可以心安理得。如果他失败了，只好婉言拒绝。'"

"老虎，你说来听听，又有什么武士道的把戏，那是怎样的考验？"邦德努力地让自己保持耐心。

"请你到死亡乐园走一遭，将那条恶龙斩草除根。"

第九章

刻 不 容 缓

　　田中老虎阴险和诡异的算盘打得非常精明，他深思熟虑并经过考验后认为邦德是最合适的人选。邦德是一个外国人，又有执行秘密任务的丰富经验，是一个技能超群的真正高手。一旦事情出了什么纰漏，刽子手和受刑者都是外国人，日本政府可以编出一套外国间谍在日本窃取情报的故事，然后将这些外国人统统逐出日本；如若邦德自己露出马脚，可将他逮捕，加以盘问、判刑，然后再悄悄地把他送回英国。

　　若不幸邦德被夏博士和他的手下给杀死了，他可以借口邦德是英国政府的情报员，要求夏博士自动离开日本以缓和英国人民的愤怒。田中老虎的老谋深算、借刀杀人绝对不会输的。但他说服邦德接受这份工作却是费了九牛二虎之力啊。

　　在邦德看来，这种工作他虽然做过很多，但是这位夏博士与他素昧平生，无仇无恨，和他的国家更没有任何瓜葛，怎么忍心将他处死呢？虽然田中老虎说他已经引诱五百多人走上死亡之路，任何有良心、有血性的人都不会任其胡作非为，更何况邦德是一位侠义心肠的人士，路见不平，拔刀相助。至于国家那就更不用说了，他这次来东京的目的就是不惜一切代价取得魔鬼四十四号，因为这将关系到国家的安全，实在太重要了。日本人愿意将夏博士这件事让邦德帮助解决，如果成功，他们就会将魔鬼四十四号拱手相让。那邦德岂不是等于拯救了英国，将是多么伟大的贡献啊！

但是邦德又想到了一些技术上的问题，他问田中老虎："老虎，我这副长相在五里之外就被人家知道是个外国人，恐怕这项工作会有困难！""邦德君请放心，一切都已经为你安排好了。首先我们先去澡堂好好洗个澡，小睡一下，再去吃早点。我敢保证，你一定会马到成功的。"田中老虎的脸上又呈现出诡异的笑容。

澡堂的样子好像一家日本客栈。进门后有一条弯曲的小径，上面铺着鹅卵石，两旁有矮松，倒也很清雅。虽然才凌晨五点，可是楼下的门廊已经有三个穿着艳丽和服的女人，满面春风，精神抖擞，躬身迎接他们，大家一再鞠躬行礼。虽然灯光昏黄，但是一尘不染的地板，看起来非但不单调，反而增添了不少生气。

邦德和田中老虎脱下鞋子，邦德的大脚根本无法穿下他们的小拖鞋，他只好穿着袜子走进去。田中老虎把这个小小的失礼解释给三个女人听，引起她们一阵轻笑，再三道歉："失礼！失礼！"

邦德跟着其中一个女人穿过走廊，进入一间用纸门隔断的房间。里面还有一间卧室和一间土耳其浴室。一个年轻貌美的小姐，皮肤白净，全身赤裸，仅穿一件胸衣，白色小带盖住下身。她走到邦德的面前，深深地鞠了一躬，说了声对不起，就动手去解邦德裤子上的扣子，邦德急忙拦住她的手，用一半恳求一半命令的口吻对送他进来且依旧站在门口的女人说："请田中先生来一趟。"

救星来了，田中老虎身上只穿着一条短裤，问道："干什么？"

"这位小姐这么漂亮，我和她一定合得来！但是入乡随俗，你可不可以给我解释一下，今天她都是派什么用场？是她吃我还是我吃她呢？"

"邦德君，我看你还是学一下'服从命令，不问问题'。在以后的日子里，你我之间的关系就是基于这一原则。你看到那里的木桶了吗？下面在烧火，这位小姐替你脱光衣服，请君入瓮，把你慢慢煮，大概到十分钟的时候，你就大汗淋漓了，那时候她就会请你出来，从头给你洗到脚，还会用一只小勺替你挖耳朵。这之后她会把一种深色的涂料倒在热水瓷缸里，你到浴缸里静静地躺着，尽量放松自己。自己洗脸，她会给你擦干，然后把你的头发剪短，使你变成一个日本人。然后你躺在小床上，她会为你按摩，随你高兴，尽量延长这项令人骨髓里都感到舒服的手法，你会怡然入梦。等你醒来，她会为你准备好咖啡、煎蛋、咸肉。至于你要先同她亲嘴再刮胡子还是先刮胡子再亲嘴，那就悉听尊便了。"田中老虎笑得那样和善，转过来对少女问："你叫什么名字？"

"真子一番。"少女风骚地撩了一下头发，笑着回答道。

田中老虎又向邦德解释说："她叫真子一番，就是真理的意思。这里的服务生为了方便都编了一个编号。好了，请不要再打扰我了，我也要舒服舒服。我除了不必染色外，需要经历的过程和你一样。不过，洗日本澡我可是识途老马，而你可是第一次，一定会觉得很新奇。你从中获得的兴奋刺激和乐趣要胜于我百倍。你和我在一起不会吃亏上当的。所以我请你在这儿得到新奇而有益的经验，尽量

体会和尝试其中的甜蜜和快乐。邦德君，春宵苦短，你要好好把握
这儿的每一分每一秒啊。你是一个及时行乐的人，我期待着你从梦
中醒时，将变成一个截然不同的新人。再见，哈哈。"

邦德轻轻捧起她俊俏的脸，俯身吻她鲜花般的樱唇。然后他余
兴犹在，倦怠地、舒服地躺在木桶里流着汗，心中有种飘飘然的感觉。
回忆起在伦敦时，M 对他说，这次外交任务用不着动硬家伙，他想：
我好像命中注定，纵然是外交任务，也会演变成铁公鸡，真是天数啊。

真子站在一面大镜子前，拨弄着自己的秀发，修饰眼睫毛，这
时听到邦德叫道："真子，我要出来了。"

她嫣然一笑，鞠了一个躬，将她唯一的上衣脱掉，向木桶走来。

邦德目不转睛地看着她那坚挺秀丽的双乳……

他握着真子来搀扶的双手，从桶中跨出来，情不自禁地抱起
了她……

邦德跟着田中老虎在东京车站的人群中挤进挤出，一身装束和
打扮俨然是一个地道的日本人，皮肤也变成了浅褐色，头发已经剪短，
擦了很多油，梳理得整整齐齐的，眉毛也修剪了。行头和服装与日
本游客一样，上身穿着一件长袖白衬衣，打着一条廉价的黑色领带，
领带上夹着一只金色的别针，下身是一条黑色西裤，用一条廉价的
腰带紧紧地把裤子吊在肚子上面，脚上穿着藏青色的袜子和一双塑
胶鞋。肩上挂着一个旧的旅行包，里面放着日常用品，都是一些蹩
脚货，两套内衣裤、新生牌香烟、火柴等。他的裤子口袋里有一把
梳子，一个皮夹里面还有小额日币五千元，一把短柄小刀、卫生纸等。

邦德回忆刚才离开澡堂的一幕，真子一面帮他穿衣服，一面三

番两次地评论道："现在你可真像一个日本先生了，看起来又年轻又英俊，真是帅呆了！"真子百般柔情蜜意，她的风骚使人喘不过气来。有人在急急地敲门，真子依依不舍地抱着邦德吻了最后一下，才过去开门。邦德只好匆匆离开，后来还是田中老虎进来拿走邦德来时穿的衣服。

"我把你的东西和宾馆的衣物统统交给哈梅顿保管，我们离开东京时，哈梅顿会通知你的老板：我俩去操纵魔鬼四十四号的单位去了，距东京有一天多的路程，要几天后才能完成、返回，哈梅顿也会相信的。现在他暂时还是不知道真相为好。我局里的人只知道我到福冈出差，但不知道和你在一起。我们先搭新干线到爱知县，再转坐飞机飞越伊士湾到鸟羽，我们在那里过一夜，再从陆地上走，要多费点儿时间，目的是我借此结伴的机会，可以指导你日本的生活方式和日本人一般的习俗，以免你犯不必要的错误。"

车快到站了，田中老虎立刻挤上去。邦德站在车门旁，优雅地让三个女人上车后自己才上车。邦德刚坐下来，田中老虎就开始教训他："这是第一课，邦德君，不要把女人放在眼里，这里不是英国，女人没有地位。你可以推开她们或者把她们踩在脚下，并且，你要记住，绝对不能让她们。你只要对年长者有礼貌就可以了，知道了吗？"

"是！老爷。"邦德表示出恭顺的样子，挖苦地说。

"不要开这种西式玩笑！现在你我是师徒关系。此次任务万分艰巨，一点儿都不能马虎。"

"老虎，你的教学方法太严厉了吧！"

"严的还在后头呢。"田中老虎骄傲地笑笑，"我们去餐车上吃东西。昨天喝了太多的酒，今天非喝点儿还魂酒才行。"

在餐车上，邦德专心致志地使用尖头筷子，吃着不知滋味的章鱼片和白米饭。

田中老虎说："在日本就得学吃日本菜，章鱼片是此地的名菜，怎么还嫌它不合胃口呢？！"他一面说，一面望着窗外的海岸线。

邦德也看着列车窗外，青黄的田野，曲折的海岸线，海中的浪花……正当他望着出神的时候，忽然背后被人猛地撞了一下。日本人在推撞功夫上，真可以称得上世界第一。因为他坐在通道的拐角上，被人家撞了，自然不能怪别人。虽然是如此，但这一撞确实很重，他不免愤恨地回头看，想知道到底是一个怎样强壮的人，走起路来竟然如此目中无人。

他看到一个结实的背影，消失在下一节车厢，他戴着口罩，头上一顶皮帽子。突然邦德发现他的塑料皮夹子不见了，田中老虎一脸惊异地说："这在日本是极少见的现象，算了，到了鸟羽我再给你弄一个，我们不要去报告给列车长，这样做会打草惊蛇，除了会引起大家对我们的注意外，其他没有任何作用。如果列车长告诉铁路警察，让我们填遗失单，那么会暴露我们的身份。那个扒手将口罩和帽子藏起来，他们到哪里找啊？发生这件不愉快的事情，让我感到很遗憾，希望你不要介意。"

"当然，我一点儿都不在乎。"邦德表现出无所谓的样子。他们在蒲郡下车，蒲郡是海边的一个小村庄，在海中还有一个小岛，听田中老虎说，上边有一座著名的神社。从蒲郡到鸟羽要坐水上飞机，邦德俯视着伊士湾宜人的风景。下了飞机后，邦德在人群中发现一个结实的身影，体形很像在车中遇到的贼！可是现在这个人戴着一副眼镜，而且人群中还有许多跟他相差不多的体形，邦德难以确定就不去想它了。

鸟羽和其他小地方一样，街道狭窄，门口挂着布幔和纸灯笼，两边都种植着矮松。迎接他们的人，似乎之前已经知道他们的到来，对待他们都很恭敬。邦德感到身体很疲倦，再勉强自己含笑鞠躬，似乎有点儿力不从心。此时他被带到一间精致的小卧室里休息，精致的茶具上有一包甜的点心，他意识到今天不会再有那一套繁文缛节了，不禁长出一口气。他站在窗口，朝窗外望去，好像有一个人站在水中，不过田中老虎已经告诉过他，那是三本先生。他出生于鸟羽，从前是一名贫穷的渔夫，后来发明了人工养殖珍珠的方法，于是变成了富翁。

他又想到，自己怎么会跑到这个鬼地方，田中老虎这个计划，真是荒唐，他很后悔居然答应他来执行这件看似荒唐的工作。不过事已至此，只有一步一步地走着瞧吧。忽然田中老虎推开门进来，告诉他衣橱内的浴衣是为他准备的。"邦德君，你必须专心应付即将执行的任务。"田中老虎的语气坚定而又温和，"我已经准备了大壶的清酒来犒赏你，并且连下酒的菜都是本地的特产龙虾。"

邦德把头略微抬了抬，把衣服脱掉，换上棕色的浴衣，用标准日本式姿势和田中老虎隔桌坐好，深深地一鞠躬，说道："你发的奖品，我极为乐意接受。"

清酒来了，美女跪在一旁为他们斟酒。邦德拿起自己的一杯一饮而尽，田中老虎笑着说："你这种喝酒的气派，倒是很适合你现在的身份。"

"什么身份？"邦德不解地问。

"福冈的煤矿工人，都和你一样高，虽然你的手不够粗糙，但你可以解释说，你不会用铲子，只能推车。你要充当一个又聋又哑的家伙，到时候你的手指缝里该填一些煤粉进去。"田中老虎从袖口中拿出一包东西，是又黑又脏的硬纸片，上面写着日文，他把纸片交给邦德！

"这上面记载着你是一个又聋又哑的可怜虫，人家看到你一定很讨厌，挥挥手让你离开，也许有人看到你这副可怜相，会丢给你一些零用钱。不论任何情况，你都要鞠躬引退，使人看到你有深度的自卑感。"

"多谢老师的指教，这种赏钱，是否也应该收归国库？"

"不必，这次出差的费用，实报实销，由首相处支付，和我们局里的预算没有任何关系。"田中老虎一本正经地说。

邦德表现出一种自卑的神情，深深地一鞠躬，说："不胜荣幸之至。"

他直起了腰，接着说："好了，现在你这个老油条可以再叫点儿酒来，再吹点儿神风攻击队的事情给我解解闷。可怜我邦德，堂堂大丈夫，马上要像一个缩头乌龟一样，叩头作揖，低声下气。竟然让我发挥我的表演天才，扮演一个低三下四、又聋又哑的家伙。我现在倒想学你们贵国的人，把头放在打桩机下面！"

田中老虎正想答复邦德的这番话。女招待进来，拿着一个木质的器皿，里面放着两个人的饭菜：生鹌鹑蛋、紫菜片、两只大龙虾、装在细瓷盘子里粉红色的肉片。邦德正准备动筷子，突然发现龙虾居然还是活的，使他大吃一惊，龙虾的头左右摇动，两个大夹子不断地摇摆，居然爬出了盘子。

"老虎！"邦德满脸惊异地说，"这家伙还活泼得很呢！"

"邦德君，请你不要大惊小怪好不好，这是日本一道最有名的菜，我希望你能放心享用。看你这个样子，哪里像是女皇手下的出色特工啊，假如你的老板也在此的话，我相信他一定很失望。"

邦德鞠躬谢罪，故意将头低了很久才抬起来："请多包涵！我认错就是了。我本来以为产于贵国的龙虾，是不愿意被人生吞活剥的。为了感谢您对我的教导，我在此敬您一杯酒。"

"岂敢岂敢！"田中老虎笑了，"你如此虚心学习，我深感愉快，因为我相信用不了多长时间，你就可以习惯我国的生活。"

"说句良心话，"邦德借题发挥，"我对贵国的生活方式的确用不了多久就可以欣赏和习惯，但也许一辈子也无法了解贵国人死亡的方式。"他喝了杯中的清酒，把杯子交给跪在一旁的女招待，他需要多喝一点儿酒，才有足够的勇气吃那只鲜活的龙虾。

第十章
深 入 研 究

　　田中老虎和邦德站在一片巨大的日本柳杉的树荫下，观察着来圣地朝拜的人们。他俩脖子上挂着相机，俨然就像两个来参观著名伊士湾风光的游客，领略日本之神道教庙宇的风采。

　　田中老虎说："太好了，你已经观察了这里的人和他们的行为。他们一直在祈求太阳女神，你也过去为自己祈祷吧。"

　　邦德沿着一条小径走了过去，穿过巨大的木头拱门，来到一个神殿的前面。两个身着奇异的红色和服、黑色头盔的神社人员正在看着他。邦德向圣殿深鞠一躬，然后向空中抛出了一枚硬币，伸出一只手抓住，然后响亮地拍了一下手，低着头做出一副祈祷的样子，随后又拍了一下手，鞠了一个躬，走了出来。

　　"你做得很好，"田中老虎说，"神社的人根本就没有注意到你，大家对你也没有太在意。你拍手的时候应该再大点儿声音，这样你的出现更能引起神殿神灵和祖先的注意，从而对你的祈福更加留意。那么，你刚才在祈祷什么呢？"

　　"我刚才什么都没有祈祷，老虎。我一直在专注思考这次行动的最终结果。"

"神灵会注意到的，邦德君。她一定会协助你完成任务。我们现在回到车上，继续我们的行程，我将带着你去参观一场非常有意思的仪式。"

邦德"嗯"了一声。

车停在一个日本神社门前的牌坊前，一群学生在女向导的指引下躲避着车子。这群叽叽喳喳的女生身穿深蓝色的衣服，黑色的袜子，男生们则穿统一的绅士高领日本学生制服。田中老虎在前面带路，从人群中穿过。

对这群人的出现老虎显得很高兴，他问道："你注意了吗，邦德君？"

"仅仅是一些可爱的女生啊，不过对我来说太年轻了！"

"不是啊！如果在昨天她们中的一些人一定会对你很好奇，叽叽喳喳地称呼你'外国人'，而今天你却不会被认作是一名外国人了。你的容貌是一方面，更重要的是你的举止已经证明了这一点。你显得更加自信了，俨然是一个地道的本地人。"田中老虎露出了灿烂的笑容，"我的这些安排，并不像你想象中的那么没用啊！"

他们驱车穿过群山，沿着通向京都（日本的古都）的方向驶去，田中老虎以命令的口气对雇来的汽车司机说了几句，他们在后街一座看起来像畜舍的高耸建筑前停了下来。牧厂的主人迎出来向他们行礼。他长着苹果般结实的面庞，一双聪明而温和的双眼，就像苏格兰和蒂罗尔的牧人。老虎和他长谈了一番，牧人看了看邦德，眉头紧皱。他略微一鞠身，把他们领了进去。因为没有阳光，里面显得有些冷。一排排畜栏里养着很多棕色的肥牛，它们在不停地咀嚼着食物。

　　牧人移开一个栅栏，对着一头站不稳的牛说了一些什么。这头牛由于缺少锻炼，腿脚变成了纺锤形。它缓缓地、摇晃着走出来，站在太阳底下，警惕地看着老虎和邦德。牧人拖出一箱啤酒，打开了一瓶，递给邦德，老虎说："你去让牛喝掉它！"

　　邦德拿着瓶子，大胆地走到牛的面前，牛抬起头，张开淌着口水的嘴。邦德把瓶子的液体使劲地倒进了牛的嘴中，这头牛兴奋得几乎要把瓶子吞下去，它那粗糙的舌头还不停地舔着邦德的手，好像在表示感激，邦德站在原地没动。现在，他已经习惯田中老虎的这些鬼把戏，他决定无论如何都要表现出一种近似神风敢死队员的精神来接受老虎给予的任何考验。

　　牧人又递给邦德一个看似装着水的瓶子。老虎说："这是生杜松子酒，喝一口，把它喷洒在牛背上，然后按摩一下让它渗进牛的身体里。"

　　邦德猜想老虎一定很希望他咽下一些生杜松子酒，然后让自己窒息。他屏住呼吸喝了一大口生酒，嘴唇紧闭，使劲地将酒喷出去，避免酒雾蹿进自己的鼻子中，然后用手擦了擦被生酒刺激到的嘴唇。母牛入迷地弯着自己的头……邦德向后站了站。"现在怎么样？"他问道，好像做好了战斗的准备，"这头母牛接下来会对我怎样呢？"

　　田中老虎笑了起来，向牧人翻译着，那个牧人也笑嘻嘻地望着邦德。接着老虎和牧人又畅谈了一会儿，然后相互鞠躬道别。他们坐上车向城镇方向驶去，不一会儿被带到一个与世隔绝的酒家，这儿是一个光亮无瑕而又神圣的荒芜之地。老虎安排好一切，然后和邦德坐在很有西方特色的餐桌前，招待他们的依旧是清酒。邦德拿起一瓶清酒一饮而尽，彻底冲掉遗留在嘴中的生酒。他对老虎说："现在你该告诉我事情的全部了吧！"

田中老虎看起来很高兴，他说："你将吃到的东西就是事情的全部——世界上最新鲜、最多汁的牛肉。这种牛肉即使在东京最豪华的酒店也不可能吃到。这种牛属于我的朋友的，那个牧人还不错，对吗？他每天要给每头牛喂四品脱的啤酒，用生杜松子酒给牛按摩。它们每天都可以吃到营养丰富的燕麦粥。你喜欢吃牛肉吗？"

"不喜欢，"邦德愤愤地说，"事实上我一点儿都不喜欢！"

"那真是太不幸了！"老虎说，"你将要吃到的这种最新的牛排，在阿根廷随处可以吃到，你一定吃过了。牧人说你对他的牛的真诚表现使他留下了深刻的印象。"

"这些可以证明什么？"邦德苦苦地问道，"下午等待我的又将是怎样光荣的考验呢？"

牛排被盛了上来，旁边还配着装有各种酱汁的碟子，其中还有一盘血，邦德拒绝吃这种酱汁。老虎大口嚼着牛肉，饶有兴趣地回答邦德的问题。

"我要跟你谈谈我们情报处设立的一种秘密训练，基地坐落在离这不远的深山古堡中，叫中央登山学校。我们在这里进行严酷的忍术，社会上没有什么评论。忍术，即隐身术，是日本古代武道中一种隐秘武技。你将看到的这些人已经完成了十八种日本武士道武技中的十种训练，他们现在正在进行忍术或称为'隐者'的训练。忍术是日本一种古老的用来进行间谍活动和训练杀手的技术，忍者能在水面上行走，也能飞檐走壁，可以说是无所不能。他们还可以借助一些装备潜伏在水底达一天之久，另外还有一些别的武技。当然，忍者并不会像著名的幻想人物那样，天生具有神奇的力量。不过，忍术的奥秘对外绝对保密，忍者家族世代秘传，外界则很难知其详貌。目前主要有两个门派，伊势忍者和户隐忍者，我们的教练就来自这两个门派。我想你一定会感兴趣的，或许你在这里还可以学上一招半式呢。这里不允许带武器。在中国、朝鲜和俄国发现携带攻击性武器必定会被治罪，我们的人却可以杀人于无形之中。他们只需要一支木棍和一条细细的铁链，这些东西很容易洗脱他们的罪名。你明白吗？"

"是的，完全清楚。我们的总部也有类似于赤手打斗的训练学校。不过，你们的柔道和空手道是特殊的武技，需要多年训练才可以。老虎，你的柔道水平一定很高吧！？"

老虎剔着牙，一副怀旧的神情。"不是很高，黑带七段。我从来没有拿到过红带，要想达到这种阶段，意味着你要放弃所有其他的活动。我的追求目标究竟是什么？为了达到最高阶段？还是在东京的柔道学院度过余生？当然都不是，这些是傻瓜的目标。"他笑道，"没有清酒，没有漂亮的女人，更糟糕的是在我的有生之年没有机会去实践我的武技，不能用枪去处置那些抢劫犯和杀人犯。在柔道的最高境界里，除了修道士和芭蕾舞演员，你将一无所有。这些不适合我。"

汽车驶向开阔的、满是灰尘的路，邦德本能地透过汽车的后视镜向后看了看。在不远处，有一辆摩托车紧跟其后。当他们从小路开进山里时，那个人依然尾追其后。邦德把自己的担忧告诉了老虎，老虎耸耸肩说："可能是个骑警，如果不是，那他可是选错了时间和地点。"

城堡就像日本的照片展示的那样，屋顶有角。它坐落在两座山之间，看样子过去曾经是交通要塞，因为在路口对面的黑色花岗岩的房顶上架着一门古代大炮。他们在护城河沿岸停了下来，又重新回到城堡的入口处。老虎出示他的通行证，那个身着便装的警卫向他们深鞠一躬，这时从这座高耸入云的大厦顶端传来钟声。邦德在院子里看到这座大厦已经年久失修，油漆斑驳。当老虎的车停下时，一群身着短裤和运动鞋的年轻人从古堡的房子中跑出来，列队排在三位长者的身后。老虎从车里下来，他们都向老虎行鞠躬礼，老虎和邦德也鞠躬还礼。短暂的问候后，老虎向那个看起来是领导的中年人问了一番话，中年人不时恭敬地回答道："嗨！"他最后回答道："嗨，田中君！"然后转身面对这些年纪大约在二十五到三十五之间的年轻人。他叫了几个号码后，只见六个年轻人从队列中站出来，接受命令后跑进了城堡。

老虎向邦德解释道："他们要伪装一下，顺着我们来的路下山。如果有人潜伏在此，他们会带他回来。现在我们看一下他们进攻城堡的一些演示。"

老虎发布了一系列命令，留下的这些人两两一组分散开。邦德跟随老虎在主教练的陪同下来到辅路上，老虎和教练进行了愉快的长谈。一刻钟后，城墙上传来口哨声，十个人从老虎他们旁边的树林中冲出来。他们浑身上下都穿着黑衣，只露着眼睛，跑到护城河边，踏在椭圆形的有点儿类似于轻质木材的木板上，像滑雪一般从水面穿过，来到黑色高墙的下面。然后丢掉木板，从黑色罩衣的口带中拿出一段绳子和一把小的金属岩钉，像一只只黑色的蜘蛛迅速地爬上高墙继续前行。

老虎转过来对邦德说："你知道这是晚上的行动，几天后你也要做同样的事情。注意绳子末端的那个铁钩，他们把它抛出去，可以扣住岩石的缝隙。"这时教练对老虎说了一些什么，并指给他看。老虎点了点头，对邦德说："最后那个人是这个组中最弱的，教练觉得他一会儿可能会跌下来。"

这群攀墙的人眼看就要爬到二百英尺的顶端了，只剩几码了，就在这时最后的那个人突然一脚踩空，挥动着手脚，惨叫一声，摔了下来。他的身体被撞击了一下，掉进了平静的护城河里。教练嘀咕了几句，脱掉衣服，蹿上辅路的围栏，一个完美的纵身潜入了一百英尺的水中。教练迅速地游向浮在护城河面的那个人，他有一种不祥的预感，总之这个人失败了。教练架着被救起的人的身体重新回到院子里，这时"入侵者"已经攀上了城墙，正在用棒术与防御者打斗在一起。

邦德瞥了一眼那个教练，只见他正在用麻绳捆这个已经死去的人的尸体。邦德很好奇地想是否还会有人在棒术测试中失败，如果那样的话，老虎的整个训练营就要以失败告终了。

在庭院中，年轻人两两一组打斗起来，挥动，躲闪，一对一，用棍棒激烈地战斗着。他们挥动各自手中的棍棒，用腹部呼吸，把棍子当长矛用，当面贴面时就以脸相击。邦德感到很惊讶，一方使出巨大的推力并重击另一方的腹股沟，对方竟然纹丝不动，换成邦德，早就痛苦难耐了。邦德问老虎这是怎么回事，老虎两眼放光地观看这场激烈的战斗，很简洁地回答邦德，说稍后会给邦德解释。与此同时，防守的一方逐渐占了上风。一些黑衣人倒在地上，失去了知觉，一些人用手捂着头不住地呻吟，还有的捂着肚子和腿。这时从教练那里传来一阵刺耳的哨声，打斗结束了，防守的一方取得了胜利。一个医生过来查看受伤的人，没有受伤的纷纷向对方鞠躬行礼，然后又转向老虎，给老虎深鞠一躬。老虎做了一个简短有力的演说，并告诉邦德稍后会有一个庆祝会。邦德被带进城堡喝茶休息，并参观了忍者的武器装备。这些装备包括锥形的铁轮，形状像银圆，可以在手中和空中旋转，末端有锥形的链子，有点儿像南美的套牛绳；撒菱，能够刺伤双足的东西；进行水下呼吸的空心竹筒；各种护具；布满细小而锋利的铁钉的手套，可以协助忍者飞檐走壁；还有许多简单进攻和防御的小器具。邦德以欣赏和惊奇的神情看着这些装备，想起俄罗斯发明的曾在西德取得了成功的一种武器——氰化气体手枪，它不会留下任何痕迹，而死者将被确诊为心脏衰竭。老虎自夸的忍术并不属于同一类。

再次走出庭院，伪装组的队长报告说发现了摩托车留下的一些痕迹，但是车在距离城堡一英里的地方掉头回去了。他们到那里的时候，已经看不到踪迹，所以就返回来了。

邦德他们与忍者们道别后，又向京都方向启程了。

"邦德君，你觉得我的训练学校如何？"

"我觉得很不错。我可以想象他们学的这些武技非常有价值，只不过，如果一旦被抓住，这些黑色的夜行衣和各种小玩意儿会像枪一样被作为定罪的凭证。但是他们攀墙的速度确实很快，忍术在夜间擒拿小偷一定会很有效率的。"

老虎有些不耐烦，说："你说的话就好像只知道西方的打斗方式。如果你不洞察穿戴像农民一样的北韩参谋机构，那么你的那套方法一定不会有进展。"

一天下来，邦德已经筋疲力尽了。他对在演习中死掉的那个年轻人感到非常遗憾，他简略地对老虎说："在东柏林，你的忍者是不会生存很久的。"然后就陷入了沉默。

第十一章
解 剖 学 课

　　令邦德欣慰的是，那天晚上他们在京都最有名的酒店"宫古"住了下来。有柔软舒适的床，有空调，还有西式的可以随意坐在上面的盥洗室，这一切都远离尘世。

　　田中老虎说很遗憾，他必须和专区的警察局长共进晚餐。邦德自己点了一杯杰克丹尼和一份班尼狄克蛋挞叫人送到他的房间，然后打开电视机看日本非常有名的电视剧《七个侦探》，里面一个坏人都找不到，接着他一觉睡了十二个小时。

　　第二天早上，邦德从宿醉中醒来，听到田中老虎计划在去大阪之前去一趟日本最古老的妓院。去大阪得花一天的时间，要穿过内海到达九州岛南部。"早点儿去妓院"成为邦德唯一的评论。

　　田中老虎大笑着说："很遗憾，虽然你的直觉总是很准，但是现在在日本卖淫是非法的。邦德先生，我们还是去参观国家纪念馆吧。"

　　"哦，好！"

　　妓院里到处是鞠躬和唏嘘声，妓院坐落在故都破落、宽敞的红灯区。热心的馆长给邦德他们看了很多描写性的小册子，他们在抛光的地板上踱步，从一个房间到另一个房间。他们神情庄重地看着

那些留在斑驳木柱上的刀剑痕迹，据田中老虎说，这是那些被情欲
和不耐烦激怒的武士所为。邦德问这儿实际上曾经有多少间屋子，
在邦德看来，这所妓院似乎被一个巨大的厨房和那许许多多的餐厅
占据了大部分的地方。

"四间屋子。"纪念馆的馆长回答说。

"这样是没办法经营妓院的。"邦德评论道，"需要有快速的生产
量，就像赌博娱乐场。"

"邦德君，"田中老虎抱怨道，"请动动脑比较一下你们的生活
方式和我们的生活方式吧。以前，这是一个休息和恢复精力的地方，
有饭吃，有音乐，还有故事听。人们还会写短歌，在墙上题字，深
刻的人就会写'明天一切都是全新的'，然后他扔掉笔，拔剑大吼，'四
号房间什么时候会空出来啊？'国家纪念馆真是名副其实啊！就好
像是在那些新成立的非洲国家，他们会用食人族用过的双柄炖锅为
饥饿的孩子炖山药。人们都设法忘记自己野蛮的过去，比如，我们
有摩根或莱莉的血统一样。了不起的谋杀者和非同寻常的妓女构成
了我们历史的一部分。你不应该设法假想你们最古老的妓院是阿文
河上的斯特拉福。"田中老虎爆笑，"邦德君，你对我们日本人的生
活方式的评论越来越离谱了。走，该让濑户内海有益健康的微风来
净化一下你的大脑啦。"

"紫丸号"是一艘非常现代化的大型游船，排水量高达 3000 吨，
设施极尽奢华。熙熙攘攘的人群向它挥手告别，好像这艘船并不是
一个当天就可往返的环湖旅行，而是要穿越大西洋的远洋航行。潮
水般的人群向船外扔彩色的纸带，他们身上披着绶带，以表明他们

代表谁——商业派出机构、学校、俱乐部。日本人大多喜好旅行，其中一部分人常年游走，走亲访友，旅游参观。轮船在无穷无尽的岛屿间的海峡里穿行。老虎告诉邦德这些岛屿之间有非常厉害的涡流，就像马桶冲水一样，特别适合自杀。说这话时，老虎和邦德坐在头等舱的餐厅里享用"哈姆雷特"和米酒，老虎一副说教的样子。他决定纠正一下邦德对日本文化的老土和无知。

"邦德君，我不知是否能够让你欣赏和体会到日本短歌和俳句的精妙之处，它们是日本诗歌的经典形式。比如，听说过松尾芭蕉吗？"

"没有，"邦德礼貌地说，"他是谁？"

"如果，"老虎严肃地说，"如果我没有听说过莎士比亚、霍默、但丁、塞万提斯、歌德，你一定认为我非常无知。然而十七世纪，日本俳句诗人松尾芭蕉与他们是并驾齐驱的。"

"他都有什么作品呀？"邦德问道。

"他是个巡游诗人，最擅长俳句，俳句是一种十七音节诗。"老虎露出一种沉思的表情，吟道：

"从苦涩的萝卜汁里，

我感觉到了瑟瑟的秋风。"

然后他问邦德："这难道没有向你表示什么吗？"而后又呻吟一句：

"在那兰花的香气里，蝴蝶扇动着翅膀。"

他说："你难道没有领会到图画中的美吗？与莎士比亚的作品相比，这是相当难懂的。"老虎继续卖弄道：

"渔夫的小屋，

摆着晒干的小虾

蟋蟀啾啾作响。"

老虎满怀希望地看着邦德。

"难以领会。"邦德抱歉地说。

"你难道不能理解这种诗体禅的意境？那种关于人性和自然的灵光一闪？邦德君，请你赏脸写一首俳句吧，我相信你肯定会写出来的，毕竟你是受过教育的。"

邦德笑着说："我接受的教育大部分是拉丁文和希腊文，知道的都是关于恺撒、米凯尔一世的事迹。离开学校后，在罗马或雅典点杯咖啡还是没问题的，但是像三角法之类的东西我早就忘得一干二净了。给我纸和笔吧，我倒愿意试试，不过写得不好，你可别见怪啊。"

田中老虎把纸笔递了过去，邦德双手托腮沉思着。写了删，删了写之后，邦德终于说："老虎，看看我写得怎么样？是不是与松尾芭蕉的诗一样有深意，甚至比他的更精练呢。"

邦德接着朗读起自己的杰作来：

"你只能活两次，

一次是出生的时候，

一次是面临死神的时候。"

田中老虎温柔地鼓着掌，发自内心地高兴，说："邦德君，你的诗虽然不如松尾芭蕉的，但是确实很不错呀，这可是最诚挚的赞赏啊！"接着田中老虎拿起纸和笔，唰唰地记下邦德的诗，他摇着头说，"不对，这不是日语诗，你的音节不对，但这是非常可敬的尝试。"田中老虎热切地看着邦德说，"你是不是想到自己的使命有感而发呢？"

"也许吧。"邦德漫不经心地说。

"你的使命是不是沉重地压在你的心头？"

"现实的困难使然呀。我已放弃了涉及的道德原则，情况还不是照旧，我不得不接受'只要目的正当，可以不择手段'这样的原则。"

"那么你就不在乎自己的安危吗？"

"这没有什么特别的，我干过比这更恶劣的工作。"

"我必须恭喜你，你冷静坚韧，不像大多数西方人那样看重自己的生命。"田中老虎友善地看着邦德，"这也许另有隐情吧？"

邦德漫不经心地说："老虎，这我倒没想过，你也别问了。你们日本人没有一个不想对人进行洗脑的。好了，你还是回答我昨天的问题吧，为什么猛抽那些人的腹股沟却没有使他们致残，这也许比那些无聊的诗句对我更有实际价值。"

田中老虎明白邦德的目的，笑着说："很不幸啊，你太老了，不能从中获益了，你要是在十四岁时遇见我就好了，生活就是这样啊！你知道相扑摔跤手吗？是他们几百年前发明了这种技能。这种技能对他们而言生死攸关，可以帮助他们避免身体的那些部分致残。你知道男人的睾丸在青春期之前都是在体内的，到了青春期就会由特定肌肉组织释放到两腿之间吗？"

"是的。"

"相扑摔跤手都是在其青春期被选定从事这个职业的，或许因为他的体重和力气，或许因为他是来自相扑世家。通过经常的按摩和练习，他能把睾丸沿腹股沟缩回体内，睾丸原本就是从腹股沟那里垂下来的。"

"上帝啊，你们这些日本人！"邦德敬佩地说，"你对这些还真是了解颇深。你的意思是他把睾丸提到骨盆的骨头里，或者其他地方？"

"你的解剖学知识和诗歌鉴赏能力一样稀里糊涂，但多多少少也算是对的。因此，格斗前，他们将控制自己的身体，彻底地把易受攻击的器官缩到一个隐蔽的地方，然后洗澡时又放松身体把它正常地吊在外面。我亲眼见过他们那样做。太迟了！你不能亲眼看见这种艺术，真是遗憾哪！我明白间谍在打斗或被俘时最担心的就是那玩意儿，你也知道逼供的时候那玩意儿最容易受到折磨。"

"我哪能不知道！"邦德发自内心地说，"我们的一些伙计，当他们进入板球房时都要戴防护罩。我不喜欢戴，因为不舒服。"

"什么防护罩？"

"是我们的板球运动员打球时戴的，就是用来保护那儿的。一种很轻的铝制护罩。"

"真遗憾，我们没有那东西，在日本我们不打板球，只打垒球。"

"你们太幸运了,没有受英国的影响，"邦德说,"板球是一项更难、更需要技巧的游戏。"

"美国人说的可不是这样的。"

"当然，他们想卖给你们垒球装备嘛！"

日落时分，田中老虎和邦德到达了九州别府。田中老虎说这时候去观赏有名的"别府十狱"是最理想的，因为明天一早就得启程前往福冈，也就抽不出其他时间游山玩水了。邦德听到福冈这个地名，心里一喜，目的地就在眼前了，游乐的事情将告一段落。

"别府十狱"是火山地带一种特有的景致。这里的空气到处弥漫着硫黄的气味，已爆的岩洞散布在地上。而且一狱比一狱恐怖，沸腾的岩浆五光十色，颜色各不相同，有橙黄色、大红色、天蓝色。在夕阳的斜射下，显得分外绚丽多彩。画着骷髅头的牌子到处都是，警示游客小心危险。十狱的路旁，还用英文注明岩浆每二十分钟就会喷发一次。田中老虎、邦德和一群游客看到溅满泥浆的岩石地中有一个小穴，在它的附近竖立着好几支炭精灯，灯光照向洞口，五六分钟后，一阵隆隆的声音从地下传出来，沸腾的岩浆好像一根柱子射向天空。当邦德离开的时候，他发现有一块用铁丝围起来的地方，在中间有一个大红色的开关，但是用铁锁锁着。在铁丝网上还挂着一个牌子，牌子上画着令人恐惧的骷髅。邦德请田中老虎讲解一下。

"这个岩洞泉的喷射频率，是由这个开关控制的，如果转到底的话，就会引起整个火山爆发。它的威力大概相当于一千五百吨黄色炸药，这些胡说八道是为了欺骗旅客的。咱们回去吧，这是咱俩在一起的最后一个晚上了。今天的晚餐，我请你吃最名贵的鱼，这种鱼叫'河豚'，是我专门打电话为你预订的。"

"河豚，吃了会不会害死人啊？你怎么就爱吃这些乌七八糟的怪物呢？"邦德听到奇怪的食物就如同惊弓之鸟。

田中老虎大笑起来，说："的确有剧毒，毒性在肝脏和性器上，是自杀和谋杀的上品。说真的，这种鱼在日本非常名贵，在水中它像猫头鹰一般，一离开水面，它就把自己吹得像一个皮球。这类鱼的肉极其鲜美，吃多了，可以滋补身体，养精蓄锐。"

"拿这种上品待客，我真有点儿不敢领教。假如你无意谋杀我，我确实不想自杀。"

"邦德君，你放心好了，这种鱼虽然有剧毒，但料理这种鱼的厨师都是精于此道的，而且他们都有卫生局颁发的技术证明。"

田中老虎在旅馆里早就订好了房间，将行李安排妥善后，他俩就去浴室先洗了个热水硫黄浴，泡得浑身舒适极了，再跳到清水池子里泡了一会儿，把身上的硫黄味道冲了冲。洗完澡，他俩就向饭店走去。

这个饭店好像是专门卖河豚的，在大门口挂着一个大河豚的招牌。进门一看，里面的摆设还不错。田中老虎订的座位，虚位以待。侍者看到田中老虎和邦德进来，赶紧引领他们入座。餐厅里座无虚席，每张桌子上的人们都目不斜视，吃得是津津有味。

"老虎，叫五壶清酒，否则我真没有勇气下咽。"

"五壶清酒，那还不简单，今天你放开了喝！"田中老虎好像对河豚非常感兴趣，说起话来很是轻松愉快。

这时侍者将五壶清酒送了上来，邦德毫不客气地拿起一壶，倒在玻璃杯里，一杯一杯地喝个痛快。

"老虎，叫他们上那个鬼鱼吧。我被毒死了之后，那个博士一定会对你感激不尽的。"

侍者郑重其事地端上一个精美的大瓷盆，里边放着一片片透明的河豚片，摆得好像一朵大莲花。邦德拿起筷子来，他现在对自己使用筷子感到很自负，熟练到可以随心所欲地夹取食物，如同日本人一样随意了。

邦德觉得河豚吃起来没有什么特别的味道，但是田中老虎却吃得津津有味，赞不绝口。邦德看田中老虎的嘴左咬右咬，吃得好像无比享受的样子，也就凑趣地称赞了几句。继之端上来的是一块一块的鱼头、鱼尾、鱼骨头，邦德的每一口鱼肉都是用酒冲下肚的。

"老虎，我这回受训的结果已达到毕业的水平了吧！最后的成绩你准备给我打多少分呢？"

邦德的酒已经喝光了，他拿起一支香烟点着，面对着田中老虎问道。

"邦德君，你的成绩还可以，只是有一个缺点，就是处处表现你们西洋人的幽默、喜好。我了解西方人，我的度量很大，无论是言论还是举止我都不怪你。若是换了别人，我早就拂袖而去了。可是你我的相交，很有趣，我也很乐意和你成为朋友。"

吃完饭后，他们准备离开的时候，有个身体结实的人从邦德身旁经过，走向大门。这个人头戴一顶皮帽，还戴着口罩。这不是火车上那个扒手吗？

邦德心想，好哇！又在这里碰到他了，假如在去福冈的路上再遇到他，那就非得和他算账不可！邦德心里直纳闷儿，田中老虎狡猾得就好像一只狐狸，怎么就缺少一只观四方的利眼呢？

凌晨六时，福冈警察局派了一辆汽车来接他们。车子沿着海岸线行驶，开了一段路程，邦德向后一看说："老虎，现在有人在跟踪我们，请你叫司机在拐弯的地方躲起来，等他开过去，我们再去跟踪他。你看，就是那个骑摩托车的家伙。这个人，我敢向你打赌，就是在火车上抓我皮包的那个瘪三。昨夜我们吃鱼的时候，他也在饭店里，我的感觉非常灵敏，你照我的话去做，保证没错。"

田中老虎向后看了一眼，便向着驾车的警官叽咕几句，驾车的警官马上应命。公路边发现一条小径，不远便有一片矮树，司机将车转进矮树后方，熄了火。一会儿，一阵摩托车引擎声，由远而近，再飞快地开过去，又渐渐地消逝了。

司机即刻发动引擎，退出车头来，向前驶去，田中老虎又向司机警官下命令，他翻译给邦德听："我叫司机开响警笛，勒令他停车，假如他不听命令，就把他挤进路旁的沟里去。"

"你这样做，很对。"

路很崎岖，但他们的车速，仍高达八十，不久便追上那部摩托车，但那部摩托车仍疯狂地向前行驶。警笛一阵长鸣，那个骑摩托车的家伙，回过头看向警车，他戴着白色的口罩，被阳光照耀得很清楚。他觉得逃脱不了，只好慢慢地停了下来，把右手伸进皮夹克的口袋里。

"老虎，注意！那个家伙一定带着手枪！"

车子还没有停稳，邦德就跳下车，将那个家伙连人带车推倒在地上，坐在司机旁的那位警官，立刻跳下来，抱着那个家伙，一同滚进沟里。之后他立刻又跳上来，手里拿着一把血淋淋的刀子，警官把那个家伙抓上来，搜查他的衣袋，对田中老虎摇了摇头，表示没有枪。警官又左右开弓，噼里啪啦地打了那个家伙十多个耳光。邦德向田中老虎说："叫他不要打了，人已经死了，打也没有用。"田中老虎咆哮了一声，警官住手了，田中老虎从地上捡起小刀，把那个家伙的衣服划开，指着他肩窝里刺着的一个蓝色花纹说："邦德君，请你过来看一看，这就是黑龙会的标记。"田中老虎怒容满面，用脚踢了一下那个家伙的头，嘴里骂道："混账东西！"

田中老虎又命令刚才那个警官再仔细地搜查一遍，发现一些日常用品和邦德被盗的皮夹子，五千日元仍在里面，还有一个小记事本。那个警官把这些东西都交给了田中老虎。

田中老虎又叽里咕噜地下命令。他们从车厢里找出一块油布把这个死尸包起来，塞进车里的后备厢。又将摩托车拖进草丛，上面放些杂草，然后大家拍拍身上的灰尘，上了车。

田中老虎在车上开始查看那个小记事本，沉默很久，才开了腔："这帮人，真可恨。从东京起，他们就开始跟踪我们了。我们每天的行踪，上面都记得清清楚楚。他们称你为外国人，可能已经将我们的行踪报告给他们的老板了。果真如此，我们的行动和处境就很危险了。这件事，是我大意，以往我没有把这帮人看在眼里，真没想到，我的行动都在他们的监视之中，我向你郑重道歉。我慎重考虑了一下，为了你的安全起见，这次任务，还是暂时停止为好。我们到了福冈，先打个电话到东京报告一下。由此你可以看出夏博士不是一个栽花种草的人，手段和作风多么厉害！依我来看，他是一个训练有素的间谍，他一开始就认清目标，知道我是他的敌人。他能发现我的身份，就已经不是一件简单的事了，他又采取自卫的行动，这些都可以证明这个家伙是一个多么可怕和阴险的人物。"

"你的看法，确实很有道理，真没有想到遇到这么一个高手！田中老虎，关于这个任务，你倒不必烦恼，说句老实话，我这个人是个贱骨头，对任何困难，我都不怕，任务越是困难，干得越是起劲，更能激发我的斗志，必须达到目的，否则决不罢休。"

九州的行事总部在福冈大街弯道上，是一幢德国式的建筑。这是战前的宪兵队地址，房子很大。大家看到田中老虎都很恭敬，把他们迎到办公室里。这里的负责人叫安藤，邦德觉得安藤的外貌颇有军人气概，只见他戴着一副眼镜，目光敏锐而凌厉，从面部表情和说话的神态，就可以知道这个人做事一定很有魄力。

田中老虎在和安藤说话，邦德只好在一旁耐心地吸着香烟。过了一会儿，安藤从一个铁柜子里取出一张死亡乐园及附近地区的空中照片的放大图，把它放在桌子上。田中老虎礼貌地请邦德过去一起看，这样的动作是表演给安藤看的，表示这个外国人也很有地位。

邦德心里想，好像因为黑龙会，田中老虎失了面子，欠了他人情。

田中老虎指着这张地图对邦德说："邦德君，请你看看这张死亡乐园的全景图，安藤说从地面进入死亡乐园很不容易，自杀者想进去，都是请本地老百姓做向导，带着他们穿过这个沼泽地。"田中老虎用手指着说，"这是围墙，围墙上有好几处缺口，自杀的人就从缺口爬进去，安藤在一个缺口外面派了一个警卫，但是上个星期，又发现一个新的缺口。验尸官就在那个缺口检验了二十具尸体。安藤为此非常苦恼，用尽了各种方法防范，已是绞尽脑汁，黔驴技穷，却仍无法制止自杀者的进军，所以安藤准备辞职了。"

"让我仔细看看。"邦德一看，就感到要进入这个固若金汤的魔穴，无异于单枪匹马去攻打温莎要塞。这块地方还有一角伸入海中，面积广阔，却难以下手进攻。与海相连的一面是峭壁，约有两百尺高，是用巨大的石头砌成的，囿子里长满了参差不齐的树木。有一条小溪流，蜿蜒曲折出没其中，中间有一个湖，湖心有个小岛。囿子的后面，有一幢日本建筑，四层楼，外面有一道围墙，楼房看起来不是很讲究的样子。树木中间又似乎有白蒙蒙的云状物，湖上面也好像冒着雾气。楼房纵横交错的屋顶，气势慑人，四面都有附属建筑，走廊阁楼，空洞的亭榭，整个房屋都漆成黑色，给人一种森严的感觉。

邦德拿着放大镜，一寸一寸地观察，除了知道地势和建筑之外，毫无所获。邦德将放大镜放下，极其消极地说："这简直是军队的要塞，哪里是普通人家，想进入这鬼地方，真不是一件简单的事情。"

"安藤问你是否会游泳？从靠海的一面爬上去，应该没有太大的问题。"田中老虎问。

"游泳，我还算精通吧！但是从哪儿出发呢？"

"安藤说，在半里路远的地方，有一个海人岛，从那儿游过去最方便了。"

"什么是海人岛？"

"日本大概有五十个海人岛，散布各处。这个海人岛叫黑岛，岛上的女人以潜水采取珠宝和捕鱼为生。珠宝就是很名贵的珍珠，鲍鱼是海中的美味。她们工作的时候全身都是赤裸的。有长得非常漂亮的岛女，在海里真像是一条美人鱼呀！但是岛上的人不欢迎外人的到来。他们自称为部落，不与外人通婚，更不与外人往来。几乎成为日本的另外一个民族。"

"有意思！这样说来，不又增加了很多困难？他们不欢迎外面的人进去，我不能天一黑就开始行动，起码也得布置一下，得耽搁几天才能出发。"

田中老虎听完邦德的话，转过脸和安藤用日语说了几句，接着转过来对邦德说："安藤在黑岛有一个远亲，家里只有三口人，老夫妇和一个女儿，他们可以帮我们的忙。他的女儿叫铃木芳子，我也知道这个姑娘，她十八岁那年，好莱坞和日本合作拍一部电影，需要一个年轻貌美的海女演配角，结果她被选中了送到好莱坞。片子拍好后，好莱坞的大制片认为这个女孩很有前途，想把她留下来，但是她过不惯镁光灯下的生活，朝思暮想她的海洋生活。

"这个女孩放弃了许多人憧憬的明星生活和唾手可得的美妙，回到生她养她的家乡小岛，过着海女的纯朴生活，真是难能可贵呀！

"她一时成了新闻人物，当时的报纸、杂志一致赞扬她为国争光。回国后，她被誉为'日本宝贝'，轰动了整个社会。

"今年她三十三岁了，人们已经淡忘了这位美女。安藤说她可以设法让你住在他们家里。安藤从前帮过她家的忙，他们又是亲戚，而且她家的房子比岛上其他人家的房子好得多。盖房子的钱就是她为好莱坞拍电影赚来的。但是要以伦敦客来说，那恐怕受委屈了。"

"别人会不会反对我这个外国人？"

"这个岛上最具权威的就是神主。岛上的人们信奉神道教。只要神主教长答应了，大家都没有话说。这个海岛是安藤的管辖区，关于岛上的一切事情，安藤都是和神主先生联络的。神主通令一声，大家都尊如天命。这件事，安藤自然会和神主教长说明白，是没有任何问题的。"

"我先住进这个小岛，如果我认为哪天晚上是适宜的时机，便游泳到死亡乐园，那么到了高墙下，我怎么爬进去呢？"

"很简单，我给你准备了两套爬墙用的装备，而且已经带来了。"

"然后怎么办？"

"你就躲在园子里的黑暗之处，等夏博士一出来你就杀死他。如何杀法，悉听尊便。但是你要注意，他每次出来，都是穿戴全副盔甲，因此他行动起来很笨重。你只要攻其下半身，把他摔倒后，拿出铁链套在他的脖子上勒死他。假如那个丑女人在场，那就更好了，你也顺便送她去阴曹地府，以免糟蹋粮食。然后你就跳出墙来，游回黑岛，警艇就会接你回来。安藤会立刻率领人马，将黑龙会那帮家伙拘捕，即刻发布这对宝贝死亡的消息。"

"听你说起来，好像很简单。那个家伙会乖乖地束手就擒？假如我在园子里碰到黑龙会的人又怎么办？"邦德提出一连串问题，目的是使田中老虎提高警觉，不要把事情看得那么容易。一旦事情不能尽如人意，如何善后就是问题。这也表示邦德对田中老虎的话不太信服。

"设法躲开他们，囿子里有许多藏身之处。"

"谢谢你的指教！囿子里所有的花木都有剧毒，搞不好就非聋即哑，不疯也傻。"

"你穿上这套装备,绝无问题。防毒、潜水、爬高,带上简单的武器。这种'万能服'上还有潜水镜,能够保护你的眼睛,绝对万无一失。"

田中老虎很轻松地说。

"老虎,你设想得倒挺周到,但是我还是想带一支手枪,这样比较安全。"

"邦德君,我不让你带手枪是有道理的,任何暗杀工作,都需要避免声音的,再则游泳太累了,手枪又穿不透护身的盔甲,带上也毫无用武之地。你必须用柔道术才是正途。"

"好吧！请问安藤先生有没有这个家伙的照片？"

"有。"

安藤给邦德看的这张相片是远距离照的。那人身材魁梧高大,穿着盔甲,头上戴着武士军盔。邦德仔细观看这套装备,只有向头部和颈部攻击才能达到目的。那人腰间还挂着一把武士刀,看起来很像一具死尸,他的面目一点儿也不清楚。

"还有没有更清晰的照片？"邦德问道。

安藤又从公文柜里找出一张照片。这张照片的面目很清楚,大概是从护照上翻版放大的。邦德接过照片,吓了一跳。他做梦也想不到是他！难道真的是他？实在令人难以置信！邦德又仔细看了看。

一点儿也没错，就是他！但是他现在留着小胡子，也整了容，把他那个烂鼻子修好了，前门牙也补好了。虽然整容后比之前好看了一些，但依旧如恶魔一般。

"有没有那个女人的照片？"

田中老虎转头问安藤。安藤点了点头，去公文柜里取来。

田中老虎和安藤都是干特工的高手，看到邦德的表情，知道邦德对敌人有更进一步的认识和了解。

邦德把那个女人的照片接过来，心中的愤怒已经无法忍受，不是那个臭婊子还能是谁？丑陋的面孔，臃肿的身体，一对死鱼眼睛，就是那个母夜叉。

邦德看得两眼发直，恨得咬牙切齿！布洛菲，你们这一对该死的魔头，竟然到日本来兴风作浪。天下之大，冤家之路，竟然这么窄。天下之事，真是太不可思议了！现在，我来杀你，不是为了日本，更不是为了田中老虎，也不是为了"魔鬼四十四号"，而是为了给我亲爱的亡妻复仇雪恨！

室内的空气安静极了，田中老虎和安藤察觉邦德的面色泛青，目露凶光。

"老虎，你再问问安藤先生，在那个黑龙会的人身上，还有没有什么新的发现？"

邦德平和地问道："我想知道在我们把他干掉之前，他有没有把我们的行动报告给夏博士。"

田中老虎和安藤用日语交谈了一会儿，安藤拿起电话，和对方交流起来，田中老虎翻译给邦德听："据安藤的报告，这个家伙是个地痞流氓，有杀人的前科，经安藤与电信局查询长途电话，夏博士的电话没有和东京通话的记录。"

田中老虎好像有许多感想，他问："邦德君，有什么新发现吗？"

邦德收拾起澎湃的思潮，冷静地回答道："我略通相面之术。我看到夏博士夫妇，有着水火不容之势，这对夫妇，确为妖魔相配。我看完他们的相貌之后，起了无名的反感，即刻觉得不是他死就是我亡，这在相书上称为相克相斥。这就是我的发现。"

田中老虎听了邦德的解释，信以为真，心中无限窃喜。因为这比什么都好，能使邦德由内心里对夏博士厌恶，他对邦德的任务就更增强了信心。

邦德心想，这个真相千万不能泄露出去。假如夏博士的身份真相大白，这一切事情就得由官方途径来解决。那样夏博士和他的母夜叉就会被带走。到那时，去哪里报仇雪恨啊？

"我非常赏识你这种临事不苟的精神。请原谅我引用一句日本谚语比喻你，'一定数量的跳蚤对狗是有好处的，否则狗就忘了自己还是一条狗。'"田中老虎发自内心地说。

"谢谢你，这都是你一路上教导有方的结果呀！"邦德说。

第十三章
铃 木 芳 子

　　邦德像个机器人似的度过早晨的后半段时间。在他试穿那套装备，仔细地检查每一件物品并把它们装进一个能漂浮起来的塑料箱时，他满脑子都是敌人的影子——布洛菲。他就是雪巅风云的魔鬼头领，勒索行动队的领袖。他们专门敲诈勒索，丧尽天良。只要有钱可图，天底下任何卑鄙龌龊的事他们都敢干！买卖情报，替恶魔当走狗，杀人放火，无所不为。他不仅是欧美各国榜上有名的通缉犯，他还在九个月前杀死了邦德新婚宴尔的妻子。

　　据田中老虎说，在这九个月里，这个家伙又发明了一种集体死亡的方法，给一些有名的植物园捐赠一些珍稀植物作为礼物，再资助一些经费，他就获得了成为瑞士富有的植物学家的机会。这个掩护只是他多年来费尽脑力弄出的众多名头中的一个。而在他的脑海里，整天想的是让这些植物枯死并把它变成一个花园。是怎么样的一个花园呢？是置人于死地的诱惑之地，是自杀者的死亡之瓶。日本在全世界自杀率最高，其方式最奇怪、残忍和可怕，因此，日本就成了他最完美的庇护所。

　　布洛菲一定疯了！他无疑拥有荒诞而具有策略性的疯狂天赋，

而他所有恶魔般的想法都是因为他的目标，他要变成以人类为敌的魔鬼，就像罗马皇帝喀利古拉、尼罗和希特勒等。他实施的速度很惊人，投入的经费也令人难以置信，并且他的所有计划都非常谨慎。他利用黑龙会和没有过失记录的比兹葛里亚为掩护。

邦德彻底摧毁这个窝点还不到一年，今天邦德再度遭遇这两个魔头，这次势必要取了他们的性命，以报杀妻之仇恨！用什么武器来完成自己的使命呢？别无他法，只能用自己的双手、一把匕首和一条钢丝链。之前邦德也用过这样的武器完成同样的使命。"攻其不备"是制胜的不二法宝。邦德随身带了一对黑色的脚蹼，一包肉干，苯丙胺片（苏醒剂）和一小壶冷开水。

至此，邦德算是万事俱备了。

他们坐汽车沿着主干道到了码头，乘上警察局早已备好的汽艇，以每小时二十海里的速度急速前进。穿过美丽如画的博多海湾，绕过海角，进入浅水区，田中老虎取出点心和酒给每人一份，大家一边喝酒一边欣赏海景，曲折的海岸线绿油油的，良辰美景，宛如画中。饮酒谈笑间，不知不觉已接近沙滩。田中老虎用手指着水平线上的一个小斑点说："那就是黑岛，邦德君，你心事重重的，依我看你应该高兴才是，不多久，你就挤进一群一丝不挂的漂亮小姐中鸳鸯戏水了，并且还有一位风靡好莱坞的日本明星共度良宵，而且是整个夜晚呀！"田中老虎色眼迷离地说。

"那你有没有想到无恶不作的夏博士？无所不为的黑龙帮？还有凶残的鲨鱼？四面围绕的毒树？我游到死亡乐园要赤手空拳将妖魔除掉！这么多问题呢！"

"不要那么泄气好不好？放着这么好的天鹅肉不吃，苦思冥想那些令人头疼的魔头干什么？那些事到时候你自然会随机应变，运用自如的。"

远处的那个小黑点，在海平线上渐渐大了起来，终于变成方圆约五里的小岛。岛的四周都是岩石组成的峭壁，只有一个小小的渔港和死亡乐园遥遥相对。黑围墙和蓬勃茂盛的树顶，使整个宅第充满了森严的气息。一想到要在某个夜里游过半里海峡，从高墙上爬过去，到了宅子里，是福是祸不得而知！邦德感到不寒而栗，心里连连叫苦。唉，真没有想到竟然跑到日本这个孤岛上做最后的生死搏斗，报仇雪恨。他又想到，仇人就是飞到天边，也是要报的，不是我死，就是他亡。

黑岛是由黑色火山岩构成的，所以被称为黑岛。岛上只有绿色的树木和花草。港湾有个渔村，码头上有三十多只小渔船，渔网晾在沙滩上，儿童们在沙滩上嬉戏，阳光下的景色非常亮丽宜人，像世界上每一个渔村一样朴实宁静，宛若童话故事中的美景一般，使人充满了好感。邦德预感到这个小岛非常欢迎他，对他很友善，好像对待疲倦而归的游子一样。

一群老年人面带严肃的表情，由神主带领着站在码头上欢迎他们。神主一副圆圆的面孔，两只大而有神的眼睛，披着深红色的及膝宽袍，戴着一顶传统的、亮闪闪的道帽。他精明的眼睛在每个人脸上停留了一下，而在邦德脸上停留的时间最久。神主对安藤先生表现得既尊敬又和善，因为安藤管辖黑岛，他掌握黑岛捕鱼许可证的核发权。邦德发现这群人对安藤鞠躬更多而且更深。邦德很高兴有这么一位有权势的人为他安排食宿。

大家踏着碎石铺就的路慢慢走向神主的住所。那是一个用石头和木头建造的房子，很简朴。屋里的地板，擦洗得一尘不染。大家围着神主席地而坐。安藤向大家说了一大篇开场白，神主向邦德投了一个完全了解的眼光。等安藤讲完话后，神主简单地说了几句话，然后茶被送上来，大家开始用茶，算是会议结束。

邦德问田中老虎他们对自己的一切是怎样向神主述说的，田中老虎回答邦德说："神主是一个极其精明的人，一切事情休想瞒过他，所以就将真相实情全部告诉他了，神主对借用他的地方进行极端不幸的事情，表示遗憾。但他对魔鬼的行径及那块邪恶之地表示非常厌恶，所以特别通融，答应在此地执行这个任务直至完成，并且祈祷苍天，求神灵保佑你平安无事，早日完成任务。"

神主交代全家隆重而体面地欢迎邦德。他对村中的长老们解释说："邦德是一位国际著名的人类学家，到岛上来研究海人的生活方式，所以邦德有诚意和岛上的人和睦相处。"田中老虎开玩笑地说："据我推断，神主所谓的诚意，就是告诉你，不准和女人同床。哈哈，你明白了吧？"

神主诚恳而友善地招待了安藤、田中老虎和邦德共进晚餐。用餐完毕时已近傍晚。田中老虎和安藤请邦德一同去码头散步。晚霞照耀着海面，五光十色，就像璀璨的明珠在波涛上滚滚而来。归舟片片，船上都挂着五颜六色的小旗，这表示，今天出海，成绩斐然，满载而归。

全岛约有两百口人，这时候全部聚集在码头上，迎接归来的海女。

每家都准备着毛毯，等海女一下船，就即刻给她们披上。家里的人，把今天在海上的收获收拾下船。海女回到家里，必须马上洗个热水澡。一是把身上的盐分冲洗干净，二是可以将体内的寒气排出体外。休息片刻，便开始吃晚饭。每晚八点左右即行安寝，翌日拂晓，又要出海作业了。田中老虎同情地说："邦德君，你看海女的生活和微薄的收入……因此岛上的生活，不得不节俭。要更多地劳作，才能维持一个家庭，所以这里的生活方式再简单不过了。邦德君，我看你的生活方式和作息要随着岛上的人调整和改变一下了。你住在铃木家里，对两位老人要有礼貌，尤其对那个老爷子，至于芳子嘛……"田中老虎说到这儿就不再往下说了，弦外之音尽在不言中。

站在码头上的人，看到自家的船时，急切地挥舞着双臂，呼喊海女的名字。船靠近岸边，被拖拉进来，再将船上装着胜利果实的木盆提上岸，送到海滩上简陋的市场，把货色分出优劣等级，过秤，讲价，最终换得很少的收入。海女们和家人叽叽喳喳地讲述着这一天的经过，有的兴高采烈，有的垂头丧气，所以，从海女们的表情就知道她们这一天的运气如何了。

海女们看到今天码头上多了三位陌生的客人，都投以奇怪的目光。

邦德站在柔和的夕阳下，看到每一个海女都非常美丽、活泼、快乐。她们那挺拔的乳峰，加上粉红的大乳头，纤细的腰肢，丰满结实而发亮的臀部，两条大腿之间嵌着一条黑色三角形带子，如同都市女人们穿的三角裤。两条健壮的大腿，如同世界运动会的选手一般。每个海女的腰间都拴着一条皮带，上面挂着一串铅锤和一把钢刀。

一头秀发，蓬松而凌乱，只用一条白毛巾束着，脸庞显得很清秀，一双含笑的大眼睛，充满喜悦的嘴唇，展现在夕阳下的晚霞中。这大自然的美景和裸体多姿的少女，是一幅多么生动而富有诗意的画卷啊！生活在大自然中的女人们是如此美丽动人，纯朴善良，天真可爱。

邦德看看田中老虎、安藤和自己，虽然穿着文明时代的装束，心里都怀着一肚子鬼胎，不由得叹了一口气。

在这群海女中，有一个海女，曲线玲珑，身材特别修长，迈的步子也比其他海女大而稳重，似乎对码头边停泊的警艇和岸上站着的三个外人一点儿也不在意。她说了一句话，其他海女都笑了起来。有一个老妇人走过去，递给她一条毛毯。她随手披在身上，大家就分手各自回去了。母女俩向着市场方向走去。女儿边走边说，说得很带劲儿，母亲认真地听着，不住地点头。神主望着她们走过来，她们向神主深深地鞠了个躬。神主向她们说了一番话，她们谦恭地听着，偶尔看邦德一眼。那个海女还下意识地将身上的毛毯拉得更紧一些。这个美丽的姑娘就是铃木芳子。

神主领着铃木芳子母女走到邦德面前，向邦德鞠了一躬，接着说了一番话。田中老虎翻译成英语，转告给邦德："他说铃木全家愿意招待你这位贵宾，他们感到非常荣幸。因为家庭贫寒，没有一个舒适的地方给你住，也没有好东西招待你，所以感到非常抱歉，请你见谅。他说，他们老夫妇都是乡下人，对西洋的风俗习惯都不懂，幸好女儿去过好莱坞，语言上还可以沟通。你有什么事情，尽管吩咐她女儿，不必客气。神主问你会不会划船？以往都是铃木老先生划船，现在他患了风湿，在家里休养，不能划船。你能否委屈一下，替老先生划几天，他们全家将会感激不尽。"

邦德向神主深深地鞠了一躬，说："请你告诉他，我对神主的精心安排表示万分感谢。铃木老太太代表他们全家应允我寄居在家里，给他们添了不少麻烦，而且以后要叨扰他们的地方一定很多，我感激还来不及呢！怎么好意思说舒服不舒服？我对日本的俭朴生活非常赞赏，能有休息和用餐之地我就非常感谢了。关于划船的事，我愿意效劳。若有其他活，只要是我能做到的，我都愿意去做，请他们尽管吩咐好啦！"邦德顿了一下说，"老虎，我的工作势必请他们帮忙，尤其是芳子小姐，我可以多少告诉她一点儿事情吗？"

"一切要谨慎为好，神主知道了，小姐也可以知道一点儿，但必须要她保密。现在你过去让神主给你们互相介绍一下。请你记住你的名字叫'雷太郎'，雷就是雷雨的雷，太就是长子的意思。神主认为用假身份和姓名为宜，你的假身份证上写的也是这个名字。"

田中老虎将邦德的话讲给神主听，神主领着邦德走到铃木老太太面前。邦德先向老太太鞠了个躬，然后向芳子也深深鞠了个躬。邦德忘了芳子是个年轻女人，并不用向她鞠躬。芳子礼貌地笑了笑，她说："你不必向我鞠躬，我也不用向你鞠躬。"

芳子伸出右手和邦德握了握手说："你好！我叫铃木芳子。"

因为刚从海里上来，芳子的手冰冷得很。邦德礼貌地介绍自己："我叫雷太郎，你们不嫌打扰，愿意我住在府上，真是感激不尽。因为我使你耽搁了这么久，真是过意不去。我想你一定很冷，请早点儿回去洗个热水澡吧！如果我在府上不方便的话……"

"我们神主的安排还会有错吗？谢谢你，你不必担心我冷不冷，我早就习惯了，我想等你和你的朋友办完事情，和我们一起回到舍下。我希望你帮我削一个马铃薯。”

邦德很高兴，在日本能碰见一个见了面不用鞠躬的人，真是难得啊！尤其是这样一个爽快而大方的姑娘。"削马铃薯我最拿手了，如果还有需要我做的事情，请尽管吩咐好了。你们早上几点出海呢？"

"五点左右吧，太阳还没有出来就已经动身了。也许你会给我带来好运。捞鲍鱼不是一件简单的事情。今天我很幸运，捞着了，大概可以赚到十美元。但不是每天都有这么好的运气。"

"十美元，合我们英镑还不到四英镑呢！"

"美国人和英国人有什么不同？大概就是用的钱不同？"

"完全不同，就像日本人和中国人那样。"

"是吗？"

"你是说'搜得思内'（日本的'是吗'）？"

芳子笑着说："你在东京，大概学会了很多日语，现在你可以和你的两位朋友说再见了吧？说完我们就可以回家了。"

在芳子和邦德说话时，芳子的母亲很谦恭地站在一旁。邦德始终留意神主、田中老虎和安藤的表情。但他们三个人说着话，并没有注意邦德和芳子的谈话。

邦德先向芳子的母亲鞠了一躬，然后向神主那边走去。

邦德和田中老虎及安藤道别，又向安藤再三致谢。安藤向邦德送上了诚挚的祝福。

田中老虎的神情很凝重，双手握着邦德的手。在日本人中，尤其是田中老虎很少流露这样的感情，他说："邦德君，我相信你一定会成功的，我也不说那些祝福的话了，我只想说邦德君万岁！我准备了一点儿小小的礼物，假如真是人不能胜天时，那时候就留着用吧！"田中老虎从衣袋里拿出一个小盒子，递给了邦德。田中老虎很严肃地说："再见吧！"

邦德接过小盒子打开一看，里边有一粒咖啡色的药片。邦德笑了笑，把盒子退还给田中老虎说："谢谢你，用不着。任何事情都没有绝对的把握。谋事在人，成事在天，生死由命。事情成功，是我们大家都期盼的。万一失败，我当视死如归，无怨无悔。只要一息尚存，我都会尽力完成我所肩负的使命，战斗到最后一秒，至死方休。你对我的优待和帮助我至死不忘，不是一声谢谢所能表达的。最后我告诉你的是，你请我吃的那顿鲍鱼，实在是美味极了。一个星期后我们见面时，你好好请我吃一顿活龙虾。好了，我们再见吧！"

田中老虎和安藤跳上汽艇，引擎隆隆地响起来。暮色已经爬上海面，太阳已经变成一个橙色的气球，无力地放射着它的余晖。汽艇顺着海水驶向海口，渐渐地从视线中消失。

邦德还在向田中老虎和安藤挥手道别，神主已经走了。芳子说："雷太郎先生，我们回去吧！神主嘱咐我，让我好好招待你。但是由于顾及乡村年轻人的好奇心，我们还是按东方的风俗习惯比较好。你的两件行李，给我一件提着吧！"

"感激不是一句话的事，留到日后报答。"邦德诚恳地说。

于是，一位健美而曼妙的海女和一个魁梧的壮汉，扶着一个干瘪的老妇，踩着鹅卵石铺成的路，朝着村子的方向走去。他们的身后拖着长长的影子。

第十四章
黑 岛 艳 遇

　　黎明时分，海洋的景色是美丽的。邦德昨夜被安顿在铃木家最好的房间里。一早起来，他走出房间，四下看了看。朴实的村庄，生活简朴的村民，清新的空气，这一切都是生活在都市里的人无法享受到的大自然的恩赐。

　　芳子母女很早就起床了，她们准备了清茶、米饭、豆腐，还有黄色的卤菜。早餐很简单，请邦德吃饭时，芳子和她的父母对邦德说了很多道歉的话，表示没有用美味佳肴招待贵客，心里实在过意不去。

　　芳子父亲的身体很消瘦，胡子花白，眼睛虽明亮清澈，但说话时总是有气无力的。当邦德和两位老人交谈时，芳子在一旁翻译。邦德将自己在东京和田中老虎发生的许多出洋相的事讲给老人听，惹得大家大笑不止。即使在陌生的环境下，邦德仍然能够很好地处理一些问题，许多拘束和客气，一开始就消除殆尽了。神主也曾说过："使邦德成为铃木家的一分子，不要像招待外宾那样拘束。"

　　邦德的举止行为，也使人对他产生了一种好感。芳子一点儿也不讨厌他，而且还表露出对他充满喜爱的表情。铃木老夫妇以芳子为中心，一是因为膝下只有这么一个千金小姐，二是芳子不仅人长得秀美，做起事来也争强好胜，所以一切事情，两个老人也就由她做主了。老夫妇看见芳子的表情，也就放了心。

吃完早饭，芳子准备好了全套配备，但却穿上一身潜水服，仅露出双臂和双脚。邦德脸上顿时流露出失望的神色。芳子娇笑起来："这是一件在贵宾面前穿的潜水服，我们叫它潜水礼服，神主让我和你在一起的时候穿上它，以表示礼貌。"

"芳子，我知道你这只是一种借口而已。你觉得如果和往常一样穿着暴露，像我们这样充满野性的西方人会产生一种不洁的念头。你这是一种多余的想法。好啦！言归正传，今天我们来打破以往抓鲍鱼的纪录好吗？我们的目标是多少？"

"五十条就可以了，一百条最理想。但是先决条件是你必须把船划好，不要把我淹死了，否则什么都谈不上。还有，你必须善待大龙。"

"大龙是谁？"邦德问道，一股嫉妒之情从心底油然升起，觉得不能独占芳子的芳心，有一种说不出的醋意。

"到时候你就会知道了。"芳子将装鲍鱼的木箱和一捆长绳取出，把箱子递给邦德，自己扛着绳子在前边带路，两个人出了村子向码头走去。顺着碎石小路，他们走下缓坡来到海边。一艘小渔船拴在岸边的一块大石头上，小渔船上盖着防日晒的芦苇。邦德把芦苇抱起来放在地上，解开拴在石头上的绳子。芳子把要用到的东西放在船上后，邦德毫不费力地把小船推到了海里。船是用硬木做的，虽然体积很小，但在水里很稳当。

芳子把用的东西放好，把拴船用的绳子收了回来。她一边干活，一边吹口哨，那是一种低沉而慰藉的声音。在清晨的海洋中，邦德划着小船，感到无比心旷神怡。芳子有节奏地吹着悦耳的口哨，而后邦德惊异地发现在小湾的中心飞溅起一阵水花，随即从水中飞起一只黑色的大鸬鹚，它像一支飞矢一般破空飞来，落在船头芳子的脚前，大摇大摆地走到芳子跟前，嘴里还叽叽喳喳地叫着。芳子弯下腰，在它的头顶和颈部轻轻地抚摩着，嘴里还不停地和它说着话。它好像能听懂芳子的话，跳上船舷，蹲下来，开始梳理自己的羽毛，偶尔舒展一下双翅，有时独脚站着拍拍翅膀，摆出一种优美的姿态；有时头颈向天，一双蓝色的眼睛似乎在窥探宇宙的奥秘。

芳子用来拴鸬鹚的长绳末端有一个铜环，可以套在鸬鹚的脖子上。邦德心想鸬鹚大概是日本最厉害的可以捕鱼的鸟了，于是他请教芳子："在海上能够协助人捕鱼的就是这种鸟吧？"

"是的。三年前，我捡到它时，它还很小，我就给它套上铜环。现在它已经长得很大了，铜环也跟着放大了。现在，它可以把小鱼吞下去，大鱼就含着带回来给我。有时候我从大鱼身上切一片肉给它吃作为奖赏，它高兴得不得了。

"在海上干活时，有它陪着我，减少了很多寂寞。你要拿着绳子这一头，当它浮出水面时，就得照顾它。我父亲生病期间，我有三天没有出海了。这几天，我都是搭别人的船。现在你来了可以说是它的福气。"

"你说的大龙就是它吗？"

"是啊！因为它在海里游起来就像龙一样快，加上我喜欢龙，所以就叫它大龙了。"

邦德得知大龙是一只鸟，顿消嫉妒之心，心里悬着的一块石头落地了。

邦德因划船太过用力，脸上不断地流着汗。芳子将头上的白毛巾解下来，俯身轻轻地为邦德抹擦，从额头擦到胸前。她那俊俏的面孔，一双大大的眼睛，高高的鼻子，两片花瓣似的樱唇，在邦德的眼睛里闪耀着。她那玫瑰色的肌肤光润而细腻，乌黑的秀发自然地蜷曲着，像瀑布一般披在肩上，洁白的牙齿整齐而均匀。一般的日本女子，都是四肢粗短，身材平板。但芳子的曲线很玲珑，她的乳房坚挺，臀部结实而上翘，腹部则很平坦。玉体之柔和，曲线之优美，使邦德不敢相信她是这种孤岛上的海女。美中不足的地方是手、脚的皮肤很粗糙，这是因为长期劳作的缘故。海岛上男女平等，他们做着同样的工作。海女们不像西方女人那样，向男人争取权利，要求高度的享受，在工作上力求轻松。邦德想到这里，油然生出一种崇敬之情。

芳子的身体长年累月泡在海里，仍然保有完美色泽的肌肤，真是一种奇迹！但是她的风姿和天真活泼最能打动邦德的心。她看到邦德汗流满面，就很自然地取下头巾为他擦拭。这种动作，就是她真正可爱之处。

邦德忽然发自内心地产生一种意念，要是每天都能陪着芳子出海打鱼，傍晚再划船回到那个虽小却很整洁的房子里，幸福地过一生，也就别无他求了。

但是邦德心里很清楚，这只是一场白日梦。再过几天，将事情办完，他就要回到那龌龊的现实生活中去了。现在只是忙里偷闲的两天，他要把握和芳子、小船、海、海鸟在一起的机会，他要尽量使这两天成为他一生中最值得回忆的两天，他更要尽力帮助芳子捕捉鲍鱼，使这两天也成为她一生中最快乐的两天。

芳子说："你划得很不错呢！快到了。"她用手一指，海上的渔人和渔船已散布在海面各处。"我们渔人的规矩是先到先占，今天我们要到一块暗礁处，那儿的鲍鱼最多了。但有许多人知道那个地方，如果我们先到了，那里就是我们今天捕捉鲍鱼的地盘了。"

"鲍鱼是靠海草生活的，那块暗礁生有很厚的海草，但那块地方比较深，我们潜入水里一分钟不换气，就可以捉到三四条鲍鱼。鲍鱼藏在很深的海草里，要完全靠手伸到海草里去摸，捉到后就穿在这个钢钩上。也许，你也想试试运气？我听说你的游泳技术很棒，我已经把我父亲的潜水镜给你带来了。你刚潜入深水时会觉得不习惯，但很快就会适应的。你准备在黑岛待多久啊？"

"恐怕最多也不过三四天吧！"

"噢，那太糟糕了，你走了以后，谁给我和大龙划船呀？"

"到那时候，也许你父亲的病已经好了呢！"

"但愿如此。我应该将父亲送到城里的医院去治疗，以便使他早点儿恢复健康。可是父亲也老了，活不了多久了。为了不使他晚年太劳苦，我还是早点儿嫁个人帮我划船好。可是在黑岛上找个对象，实在不容易呀！因为黑岛上合适的对象太少了。虽然我拍电影存了一点儿钱，可是他们认为已经很多了，要是因为那点儿钱和我结婚就太糟糕了。"

"那你就该离开这里，或是再拍部电影如何？"

"我不想那样！我讨厌拍电影，因为好莱坞那些家伙没一个好东西。他们对待我们日本人就像对待下等动物似的。我的身体好像是大众的。他们那些自负、傲慢、自命不凡的态度，我一个也看不顺眼。我要在黑岛上生活一辈子，我的问题都求神帮我安排。"她笑了笑又说，"就像今天，神已经给我安排了一个划船的人！"

邦德耸耸肩，笑了笑。

"快到了，还有一百码。"芳子用手指了指前面，"请你留意点儿，要使绳子保持拉紧的状态。这是一件苦差事！"

芳子站在船的中央，身子保持平衡，把长绳拴在腰间说："你感到我在水里面一抽，你就马上将绳子往上拉，一直拉到我出了水面。这是很费力气的活，到了晚上，我再给你按摩。我对按摩很有研究的，我父亲每天都需要我给他按摩一次。"

邦德把船桨搁在船头，大龙在船尾伸头蹬腿的，好像也在做准备运动。芳子把绳子拴在浮在水面的木盆上，然后如同一条鱼儿一样，滑入水中。大龙也立刻潜入水中，无声无息。芳子和大龙潜入水中时连一个水花也没有溅起，真是天赋的本领啊！

邦德拉着拴着芳子的绳子站了起来，芳子从水里伸出头来看看他说："这里很不错吧！"然后向邦德挥挥手，抛了一个媚眼。接着她闭紧了嘴巴，用鼻子深深地吸了一口气，头先钻入水中，弓着身子，很悠闲地游入水中，两腿摇摆着，使身子迅速地潜下去。

邦德将绳子一圈一圈地抛出去，紧张地看了看手表，大龙忽然在船边出现，嘴里含着一条有半斤重的鱼。

邦德正在紧张和匆忙中，无暇顾及大龙嘴里含着的鱼。唉！真是忙里添乱,早不来,晚不来,趁着这时候来捣蛋。邦德心里一边想着,一边不停地甩绳子。大龙好像看透了邦德的心事,不屑地瞟了邦德一眼,把嘴里含着的鱼吐在空盆里,然后像一支黑色的箭一般飞快地钻入水中,消失不见了。

邦德正在焦虑不安时,手中的绳子抽动了一下,邦德急忙看了一眼手表,已经五十秒了,赶紧拉回绳子。海水清澈如镜,离海面还有一段很长的距离,邦德看见芳子从水底向上升起。芳子从船边破水而出,双手高举两条肥大的鲍鱼,示意给邦德看,然后放在木盆里,她一只手扶着船舷,一边喘着气。邦德站在船上,欣赏着这条美人鱼,尤其是那醉人的乳峰,在薄如蝉翼的衣衫里向邦德很自豪地展示着魅力。

芳子抬起头来,向邦德浅浅笑着,又深吸了一口气潜入水底。

时间匆匆地流过,邦德已经熟悉了操作流程,这时也可以腾出时间欣赏一下周围的海景。在一百码之遥的地方,有一个青年人正在放绳子,一会儿从水下钻出一个姑娘来,身体光滑得像是一条金色的海豚。她正和那个青年亲密地交谈着。

木盆里的鲍鱼越来越多了,其中还有十多条跳跃的鱼。邦德也要随时俯身从大龙的嘴里取出它捉来的鱼儿。有一次,邦德一不小心,就有一条鱼从手里滑出去掉到海里了。大龙显现出瞧不起他的神色,看了他一眼,才又潜入水中。

芳子又从水里浮了出来,她已经完成了今天第一阶段捉鲍鱼的任务了。她需要上船来休息一会儿,才能继续潜水工作。她用力地爬上船,因为力气差不多都用尽了。这时她也顾不了什么规矩和礼貌,拿掉头上的毛巾和脸上的潜水镜，在船尾坐下。她向木盆里看了一下，高兴地说："今天的成绩还不错嘛！现在已经有二十一只了。这个东西你带上，你也可以下去看看是怎么一回事。我不管下面的情形，到了三十秒，我就把你拉上来。你把手表给我，让我也有个数。你要注意，千万不要把钢刀丢了，否则今天的工作就白做了。"

邦德第一次潜下去时，因为他的速度太慢，刚潜下去，观察了一下，就被芳子拉了上来。

第二次下去，邦德尽量争取时间潜到海底。海底是一片绿色的平地，上面长着厚厚的海草，堆积着乱石，可能鲍鱼就藏身在海草和乱石中。邦德感到自己的肺活量太小了，所以这次下去，拼命地抢时间，但是手刚伸进岩石里摸索，刚摸到一个平滑的贝壳，准备取钢刀把它弄到手时，芳子又把他拉出了水面。

第三次，邦德终于捉到了鲍鱼。当他把胜利品丢进木盆时，芳子高兴地叫了起来。他连续地潜了三十多分钟，感到肺部有些疼痛，也感到九月的海水有些寒冷，便浮出水面，将手里的第五只鲍鱼丢进木盆。这时大龙也含着一条鱼飞了回来，它看到邦德也从海里捉到鲍鱼，就跃过邦德的头顶，落在船舷上，看着邦德爬上了船。它向邦德展了展翅膀，对他的进步表示赞赏。

芳子对邦德的成绩很满意。她拿起船上的一件和服，帮邦德把身上的水擦干。邦德伸着两条腿，手扶着船舷，用力呼吸，看起来筋疲力尽的样子。芳子将邦德身上的水抹干后，把浮在水上的木盆拉了过来，数了数胜利品，然后倒在船底。

芳子拿了把小刀，挑了一条鱼，一剖两半，喂给大龙吃。吃完后，大龙心满意足地站在船舷上打理着自己的羽毛。

工作到正午，他们开始吃午饭。芳子取出在家准备好的食物：有两盒饭团，上面有生鱼片和紫菜。这种吃法，日本人叫"寿司"，与西方的三明治有异曲同工之妙。

饭后，他们需要稍微休息一下，于是把小船停到了一个僻静的地方。芳子将船上清理了一下，把船上的一件干衣服铺在船板上说："你躺下先休息一会儿吧！"邦德虽然精疲力竭，但是有芳子陪伴在身旁就不觉得那么累了。芳子的举手投足，都是那么曼妙，一双大大的眼睛闪闪发亮，微翘的嘴角，很自然地荡漾着甜甜的笑容。

"你躺下休息吧，我已经不怎么累了。"邦德说。

"我早就习惯了这种生活，只要气不喘了，体力也就恢复了，还是你躺下吧，我给你先按摩几下，疲劳很快就会消失的。"

"你要闭上眼睛，我才好替你按摩。"芳子说。

"怎么？睁着眼睛你就不会按摩了？"邦德笑着说。

"因为你睁着眼会妨碍我的工作。"芳子笑得那样甜。

"我还是第一次听到这种说法，好！好！我闭上眼睛。"邦德真的闭上了眼睛，芳子开始从头至脚按摩了。邦德被芳子按摩着，有的地方酸酸的，有的地方软绵绵的，有的地方感到无限的甜蜜，有的地方也痒痒的、麻麻的，但四肢都伸展开来，无限舒畅。当芳子的手按到邦德胸部的时候停住了。

邦德睁开了眼睛，看见芳子一双美丽的大眼睛正在欣赏自己胸部布满的毛毛，好像是在猜疑西方人大概是野兽变来的。邦德同时看到芳子高高挺起的乳房，在薄薄的衣衫下面向他炫耀着。邦德心神荡漾，一双眼睛移向芳子的脸，正好芳子发现邦德有异样，眼睛也移到了邦德的脸上，看见邦德如火的双眼，芳子的脸一下子红了起来。邦德情不自禁地伸出手臂，环扣在芳子的玉颈上，四片嘴唇像磁铁一般吻在一起。两个人紧紧拥抱在一起，正是浓情蜜意时，全然忘记了是在一只小小的船上。由于四面受力不均，小船不停地晃来晃去。

大龙在船舷上假寐，发觉船在左右摇摆。它看到芳子压在邦德的身上，以为是在打架，就叽叽吱吱叫了起来，芳子和邦德这才如梦初醒，从美妙的幻觉中清醒过来。

芳子的脸红得就像熟透了的苹果，娇羞地看了邦德一眼，立刻从邦德身上坐了起来。邦德向芳子眨了眨眼睛，芳子向大龙望去，大龙的叫声这才停了下来。

"我们的秘密，被它看到了。"芳子向邦德笑着说。

"当我没看见大龙之前，我很嫉妒大龙，现在大龙看见我们的举动，它可能对我也有醋意。"邦德很得意地说。芳子扬起手朝空中挥了一下说："不害羞。"

他们又像上午一样工作，轮换着潜水，大龙也展翅飞去。比起上午来，邦德做得熟练多了。到了下午四点的时候，天空吹来一阵冷风，温度渐渐地降低了。芳子最后一次从水里出来，邦德也忙着用干布帮着芳子擦干双臂和头发。芳子很轻盈地把干衣服盖在身上，换下那身潜水服。这时大龙也破水而出，看着天空，在小船上空飞来飞去，像一架侦察机一样盘旋了两圈，沿着船首滑步下来，登上船舷的宝座。

芳子收拾妥当之后，就开始清点鲍鱼数，她对邦德说："今天的成绩很不错，竟然有六十五只之多，你初出茅庐就有这种成绩，前途真是不可估量呀！"

邦德听到芳子的赞美，心里自然美滋滋的，他说道："这都是你教导有方啊！"邦德也感到很满意,这六十五只里有十只是他捉到的。

邦德拿起双桨，用力地向着回家的方向划去。他看着远方，寻找黑岛的位置。因为海流的关系，黑岛成了水平线上的一个小黑点。目标找到了，邦德放心地划着。

"今天你太辛苦了。"芳子体贴地说。

邦德确实筋骨酸痛，四肢和腰背好像被人用木棍修理过一顿。他的肩膀和腰部也被阳光灼伤，估计蜕了一层皮。

"习惯了就好了！虽然累一点儿，但我感觉非常快乐。有你这么一位好老师教导，真是三生有幸啊！"邦德说这话时确实是发自肺腑的。

邦德心里想，就把这当作执行任务之前的一种体能训练，不久之后的游泳、爬墙、格斗必须要发挥全部潜能，只有这样才能完成艰巨的任务。

现在他能时刻和芳子在一起，她的一颦一笑，都能减轻他身上的痛苦。

"今天晚上你洗完热水澡，我再给你按摩一次，一定可以解除腰酸背痛的苦恼。"芳子亲切地说。

"谢谢，你和我一样劳累了一天，怎么能让你伺候我呢？如果这样我反而不好意思了。"邦德这可是说的良心话。

　　"没什么。你帮我划船，我帮你按摩，这也是很公道的。你在我家，又没什么好东西招待你，只有在精神上和心理上使你快乐。"芳子一对杏眼在邦德脸上转来转去。邦德好像看到，在芳子的眼睛里，有一对天使向他招手呼唤，芳子嘴唇微启，笑着说："你休息一会儿，让我来划。"

　　"我非常感谢你们全家的热情招待，尤其是你对我这么好。一旦离开，我不知是什么滋味呢！"邦德好像向芳子道别似的说，"还是让我划到家吧！"

　　芳子把手放在邦德的左手上说："给我一支桨吧！咱俩一起划，这样又快又有趣。"邦德只好给了她一支桨，俩人并肩向前划着。

　　海上的波涛反射着夕阳的余晖，就像千万条金线，交织成金碧辉煌的天罗地网，远处的归舟，星星点点，遍布海面。邦德右手划船，左手环绕在芳子的腰间，搂着芳子的半边身子。芳子的脸面对邦德，她那长长的睫毛、水汪汪的大眼睛、微翘的鼻子和樱桃般的小嘴都在向邦德炫耀着，那神情就像一个东方的哥洛美女郎一般可爱。邦德的头伸过来，环在芳子腰间的左臂抬起放在芳子的玉颈上，四片嘴唇又交织在一起了。

　　遥远的小黑点，渐渐大了起来。他们的浓情蜜意仍如烈火般燃烧着，四面八方的归舟都向村子的码头聚集而来。他俩这才恋恋不舍地离开了对方的怀抱和热吻。

　　船靠近码头，邦德让芳子先下船。铃木老太太笑盈盈地在码头上迎接他们。邦德把船上的用具和衣物递给芳子，他拉开船板，把一天的胜利品用木桶提了出来，然后将船的绳索扔到岸上，跳下船来，接着将船拉到早晨停放的地方，拴在一块大石头上，这才走向码头。

铃木老太太迎了过来，向邦德鞠了一个九十度的躬，邦德也急忙深深地鞠了一躬。

"雷太郎先生，今天辛苦你了，谢谢啊。"铃木老太太说，芳子翻译成英语告诉邦德。

"多谢老太太来迎接，我只是跟着芳子小姐学习学习。"邦德说完，芳子又翻译成日语。

"你们的成绩很不错啊！今天居然有六十五只鲍鱼，真是难得。"铃木老太太笑容满面地夸赞道。邦德将鲍鱼提到市场上，芳子和市场的人过完秤、议完价，三个人喜气洋洋地回家了。

第十五章
地 藏 菩 萨

第二天又是一个艳阳天，捕捉鲍鱼的数量一直在上升，最后竟然捉了六十八只，这当然归功于邦德潜水技术的明显进步。

在某一个休息间歇，邦德无意地向芳子问起海对面的那座古堡，芳子闻言脸色立刻大变，这使邦德大吃一惊。

"雷太郎先生，我们谈论它是犯忌讳的，尤其是我们黑岛上的人。就像你说的吉普赛人的迷信，我们都认为人间有妖魔，而且就住在那边的古堡。"芳子没有睁眼看只是用头示意了一下，接着说，"就是有神主的保护也不能消除人们对妖魔的恐惧。村中父老们都说外人对我们日本是不利的，因为他可能是西方来的'死神'，浑身都是罪恶。据我们黑岛上的人说，我们的六大地藏菩萨，将派遣一名使者从黑岛过海，去除掉那个祸害。"

邦德没听说过地藏菩萨，便问芳子："什么是地藏菩萨？"芳子回答道："地藏菩萨是专门保佑小孩子的神明，在黑岛无人居住的那边，有六个石像并排坐在海潮可及的岸边，其中第六个没有头，据说是被巨浪冲走的。不要看他们的法像只是由两块岩石堆成，但形态很是庄严可畏。相传他们坐在那里已经有好几百年了，只有在落潮的时候才能看见他们，涨潮的时候他们被淹没在海水里，暗中保护我们海人，因为我们以'儿童海'著称啊！不知是从那一代老祖宗开始，直到现在，每个月都要替他们换一次白布袈裟。尤其是每年六月，天气转暖，海人在出海之前，全岛的人必须列队到地藏菩萨面前诵经礼赞，祈求他们赐给我们平安和丰收。"

"地藏菩萨真能派人渡海去除妖吗？这传说你听谁说的？"

"谁知道是真是假，也许它是从海上、空中而来，或者是人们瞎想出来的，但是人们都很相信这种说法。"

"啊，搜得思内！"邦德模仿日本人的口吻，说了一句日语，两个人忍不住，都呵呵笑了起来，接着又重新开始工作。

第三天黎明，邦德像前两天一样，坐在门槛上吃早饭。芳子走到他身旁，轻轻地说："雷太郎先生，跟我来。"他不知道她葫芦里卖的是什么药，便跟着她进了屋。

芳子悄声说："刚才神主派了一个人来通知我说，昨天来了一条船，带了很多糖果、香烟一类的东西，作为打探警艇事情的酬劳。那些人问警艇来的时候是三个人，回去的时候却只有两个人，还有一个人为什么忽然不见了。他们自称是对面热带植物园的守护人，有责任阻止任何分子潜入他们的植物园。这些问题村人们岂能做主？村民收下那些人带来的东西，但是他们一脸茫然，假装一无所知，叫那些人去问神主。神主的回答很巧妙，他说那个人是来校验渔民登记证的，来的时候就一路晕船，回航时哪里还能坐得起来，一定是躺在船板上了。神主打发走了那些人，又派了一个小孩到山顶信号台去察看动静。据那小孩回来说，那条船驶进了古堡旁的海湾，被安顿在船棚里了。神主认为你应该知道这些事情，才派人来告诉我。"

她忧虑地望着邦德说："雷太郎先生，我们可以说是朋友，你不该瞒着我，你和神主之间一定有秘密，而这秘密又似乎与古堡有关。"

邦德的脸上露出笑容，他走到芳子身旁，双手轻轻地托起她的脸，吻了她一下说："芳子，你不仅人长得漂亮，而且心地很善良，我实在不该瞒着你。正好我今天不想出海了，想休息一下，我们就一同到山顶的信号台去一趟，我想在那里观察一下古堡的地理形势，同时尽可能将我的事情告诉你。其实这些事情我早就想告诉你了，并且希望能够得到你的帮助。接下来我想去看看你所说的六位地藏菩萨，你知道我是一个人类学学者，当然不会错过任何一个有趣的素材。"

芳子把准备好的午饭放在一个小篮子里，然后进屋穿起那件粗布做的棕色和服，脚上套上麻绳编结的凉鞋，便与邦德沿着弯曲的小路离开了渔村，直接向山顶走去。

山茶花的季节就要过去了，可是偶尔还可以看见一簇簇盛开的野山茶花，那美丽的花瓣在矮树林的点缀下显得分外妖娆。芳子领着邦德穿过矮树林，一直走到一个小神社的牌坊前，她说："这神社后面有一个不错的山洞，但是没有人敢进去，据说里面有很多厉鬼。有一次我壮着胆子进去，倒没有发现什么。依我来看，即便有鬼，也不是害人的厉鬼。"

芳子走到神社前，双手合十，颔首默默地祷告了一会儿，祷告完又双手合十行了个礼，方才离开那里。他们开始爬那条通往山顶的小路，沿途惊飞了很多美丽的山鸡。直到快抵达山顶时，邦德才叫芳子停下等等他。而他一个人却潜行到信号台的乱石之后，极目远眺，认真侦察。他可以看到海对面那座古堡的高墙，还可以看见园子中金黑两色掺杂的楼房。这时已是十点钟了，他看见有几个农夫衣着的人，脚穿长筒靴，手拿长棍在园子里忙碌着，他们时不时地用手中的长棍戳戳树丛。邦德心想，他们是否在搜索昨晚送命的可怜虫？抑或是忙着别的，那就不得而知了。假如他们在炎热的岩浆洞旁找到了哪个尚未断气的瞎眼人，他们是把他带去见他们的主子邀功请赏，还是干脆将他一脚踢进洞送去见阎王？

邦德今晚就要进入这个阴森恐怖的地方。他该藏在什么地方才能不被人发现呢？这些问题接二连三地在邦德的脑海中翻腾，但是他没有找到任何答案。他心想，只能进去之后再作打算了。邦德默默祈祷不要变天，希望今夜仍然风平浪静以便偷渡。

邦德转身回到芳子身边，两个人并排坐在草地上，望着到处都是渔人的海滩，对芳子说："今天晚上，我要游到对面的古堡，爬过高墙，进到里面去。"

芳子点点头说："果然被我猜中了。你去古堡，一定是为了杀死那个人，也许连那个女人也一并除掉。你就是我们传说中的地藏使者，渡过海去为民除害。"她转过脸面向大海又问道，"为什么要叫你去做这件事，而不叫别人去呢？"

"他们是外国人，我也是外国人，如果发生事故的话，你们的政府可以推卸责任，说是外国人起的内讧，与你们日本无关。"

"哦！我明白了。神主答应你这么做吗？"

"是的，他已经答应了。"

"假如……以后……你还能替我划船吗？"

"也许会有短暂的几天时间吧，然后我就必须回英国了。"

"不，我相信你会在黑岛多留一段时间的。"

"有什么根据吗？"

"没有，但我是这样认为的，并且我已在神明面前这么祈祷过了。我从来没有在神明面前祈求过什么，这是第一次，我相信它不会让我失望的。"芳子顿了一下又说，"而且今晚我要和你一起游到对岸去。"

邦德刚要开口，却被芳子举手阻止了，她继续说："晚上两个人一起游，可以彼此照应，而且我对这一带的海流很熟悉。如果没有我带你，你可能游不到那边，至少也会事倍功半，白白浪费时间和精力。"

邦德紧紧地握着芳子的小手严肃地说："芳子，不行！这是男人的工作！"

芳子看着邦德，严肃而镇定，叫着他的名字温柔地说："太郎君，你姓雷，那是风雨中最具权威的声音，令人非常害怕。但是我却从来不怕雷，我说到做到，我一定要去。不但今晚要去，而且要每晚都去，时间是午夜零点，我会在墙下岩石旁等你一小时。我知道在园子里我帮不上什么忙，但是我可以帮你回来。那些危险分子也许会弄伤你，你出来了我可以帮你包扎。至于泅水，女人比男人强多了，所以才会有海女而无海男。再说我对海岛周围的海流最清楚，就像老农清楚自己有多少田，而且我一点儿也不怕海流。你就不要再固执己见了，那样会使我无法入眠的。我总觉得我该陪着你，只要你需要，我随时可以帮你的忙，这样我会安心一些。太郎君，你就答应我吧！"

邦德苦笑着无奈地望着芳子说："好吧！芳子。"

芳子笑了，邦德却乖戾地说："本来我只想请你帮忙将我送到某一个适当的地方就行了，却没想到你坚持要和我一同去喂鲨鱼……"

"有地藏菩萨保佑，鲨鱼不会找我们海女的麻烦。记得几年前，有个海女下水，不慎将绳子绊在了礁石上，差点儿发生意外，但却没有被鲨鱼吃掉。这里的鲨鱼从来不吃人，它们将人类视为比自己大一些的同类。"芳子笑了，很开心，像个胜利者似的说道，"现在所有的问题都解决了！我们该吃点儿东西。吃完饭后，我带你去拜拜地藏菩萨，我想他们也一定乐于见你。"

邦德依了芳子，两个人吃完芳子早已准备好的东西后，就沿着另一条蜿蜒的小径下山了，这条小径一直通往渔村东边隐蔽的海湾。

这时潮水已经退了，他们可以涉水踩着扁平的黑卵石绕向岬角。

转过弯，邦德首先看见五个巨人并排坐在一片平坦的岩石上，他们眺望着水天相接的地方。当然他们不是真人，他们正是芳子所说的地藏菩萨。他们是由两块石头胶合在一起的，身体是一块巨大的长方形石块，头部则是较小的圆形巨石。正如芳子所说，他们的身上披着白色袈裟，袈裟被绳子缚着以免被海水冲走或被狂风刮落。这五个栩栩如生的地藏菩萨一动不动地坐在那里，像是观察这人间的善恶，并且在冥冥之中掌握黑岛渔民的祸福休止。

至于第六个地藏菩萨，他的身体尚屹然存在，但是首级早已不知去向了，大概是被巨浪卷走了。

芳子和邦德走到石像面前，仰望着他们那毫无表情、平滑空白的面孔。邦德情不自禁地产生一种敬畏之情，这是他生平从未有过的感觉。从这原始的偶像，邦德忽然发现了黑岛人祖先成功的根源，就此产生了无限的感悟。他一阵激动，几乎想跪下来祈求他们赐福，但他终于抑制住了这种冲动，默默地低下头。他在心中请求黑岛的祖先们的保佑，虽然他来此是为了自己，但是也间接地为日本除害。他希望他们支持他完成这个艰巨的使命。

当他再度抬头时，芳子已经万分感动，双手合十地跪在石像前，她那张美丽的面孔上流露出过多忧虑和希望。邦德听不清她喃喃地祈祷什么，但却隐约地听到她多次叫着"雷太郎"的名字。

祷告完，芳子又双手合十行了个礼，才从地上爬起来。邦德暗自纳闷儿："难道在这些菩萨面前祷告，真能应验吗？当然不可能！"这时，芳子高兴地说："好了，地藏菩萨已经答应我了！你看见他们点头了吗？"

"没有！"邦德说，"我没有看见。"

"点头了！"芳子肯定地说，"我亲眼看见他们点头了。"

邦德被她天真的样子逗笑了，说："就算他们点过头了，总之我没有看见，也用不着和你争执。"

他们按照计划乘船到了东岬，只花了半个小时。他们上岸后，便将小船也拉上岸来，藏在岸石空隙里，非常隐蔽。这时已将近十一点了。那轮圆圆的月亮高高地挂在天上，将周围的鱼鳞云照得清晰可见。虽然死亡乐园距离他们还有半里之遥，可是邦德和芳子还是轻声地交谈着，似乎生怕他们的密谋一不小心被对岸神通广大的妖魔发觉。

芳子脱掉她那棕色的和服，将其叠好放在船里。她那赤条条的胴体，在月光下显得格外匀称悦目，尤其是两腿之间的黑三角布，似乎在招着手，而后面两股中的黑带子更像是快要松开了。邦德目不转睛，看呆了。芳子娇笑着说："不要看人家的黑猫咪嘛！"

"黑猫咪？"邦德惊异地问，"为什么叫黑猫咪？"

"我不告诉你！你自己去猜吧！"

邦德小心翼翼地穿起自己的黑色防寒服。他觉得这件衣服穿在身上很舒服，在水里也能保暖。他没有将头罩戴上，任由它披在背后。芳子的潜水镜也没戴上，只是套在额头上。

邦德把浮囊拴在手腕上，以防忙中出错，临用时找不着它。

一切准备停当，邦德向芳子点点头，会心一笑。这时芳子走向邦德，双臂绕过邦德的脖子，抱着他在唇上吻了一吻。

邦德大出意外，还没来得及回应，芳子已戴上潜水镜，潜入银波微荡的海洋中。

第十六章
潜 入 古 堡

　　芳子在水中如鱼儿般自如，邦德则紧随其后。邦德可以清晰地看见芳子那双光洁的双脚在水中舞动，芳子白皙的翘臀上系着令人想入非非的黑带，诱使他奋力追来。系在右腕上的浮囊无形中给邦德增添了很大的阻力，还好他戴着脚蹼，使得前行有股助力。

　　他们最初的行程与海流呈对角线，后来渐渐顺着海流，前进的速度自然快多了。只见那堵墙越来越长，越来越高，最后阻断了他的视线。

　　他们踩在乱石中，芳子伏在一堆海草里，没站起来，深恐月光下赤裸裸的胴体被守卫人发现。

　　邦德知道自杀者都是从正面进去的，所以那里总有监视的人，而靠海的这面，则会放松警惕。他悄悄爬上岸，把浮囊打开，取出爬山用具。他向上先爬了几尺，把脚蹼塞到潮水涨不到的缝隙中。他准备上去了，给芳子一个飞吻作为告别。

　　芳子脸上晶莹的水珠在月光下亮闪闪的，分不出是泪珠还是水珠。她向邦德挥挥手，便像白色的鱼雷一样，迅捷地潜回海里。

　　邦德依恋地看了她最后一眼，然后全神贯注地一步一步向上爬。

虽然墙很高，但是石块之间有缝隙，足以容下脚尖。就这样他爬了上去。

二十多丈高的围墙，邦德花了二十分钟才爬到最上面。其间他只用了两次爬山器具，因为石缝太小实在无法容下脚趾，他才用了它，并且小心翼翼地，避免发出声响。

邦德伏在炮门向里看。果然不出所料，从炮门到园子里有道石阶。他佝偻着身子从阴影中潜入。静谧的夜，除了淙淙的水流声，仔细听会发现还有黏胶物质的啪啪声和浆液的沸腾声。邦德知道那声音是火山的浆穴发出来的。他不假思索地挨着墙向右缓缓前行，他想找一个隐蔽的地方藏放工具，并作为行动基地，因而他连小树丛都仔细查看了。

他发现地上的野草全被连根拔去，处处都收拾得很干净。他还闻到不同味道的怪异香味。

终于，他找到一所挨着墙建造的小屋，四壁颓败，小门半开。他凝神静听了一会儿，屋内毫无动静，于是他推门而入。不出所料，这个小屋果然是放工具的地方，里面隐约可见铁铲一类的工具和一辆独轮推车。再往里走，他看见一堆如山的粗布口袋。他觉得这个小屋虽然有人经常出入，但是此时作为藏身之地还是比较理想的，而且敌人也不会料到，他敢藏身于此。

邦德解下腰上的浮囊，有条不紊地把布袋向前移了移，后面便腾出一块地方作为自己的巢穴，接着他把浮囊藏在布袋底下。他再纵身出来时把布袋弄得稍微零乱一些，使人看不出什么破绽。

邦德回到园中，四下打量，初步地了解了一下院子里的情况。

他紧挨着围墙前进，遇到易于暴露自己的地方就狡兔般疾步而过。虽然他的手在防寒服里，但是他仍然避免触及任何植物。一路上这些植物散发着不同的浓烈味道，其中一种植物的异香有种特别的甜味，似乎有剧毒。

他到了湖边，湖面上升腾着一层迷蒙的水气，使死寂的湖水平添了一种神秘的气氛。当他站在一棵大树下观察时，一片叶子掉在湖里，水面上立刻泛起涟漪将落叶吞没殆尽。

邦德心想，落叶轻轻，落入湖中都难逃沉没的厄运，人要是掉进去，后果就可想而知了。过了湖，就是一个小火山，发出浓烈的硫黄恶臭，里边的泥浆沸水般翻滚着。火山爆发时，泥浆就像泉水一样喷到半空，邦德站在很远的地方就感到湿热难耐。正在这时，邦德发现了夏博士正房的侧影，掩映在树下，阴森恐怖。

他小心谨慎地匍匐前进，避免发出声音被人发现，惊动夏博士豢养的那群恶魔般的爪牙。

魔宫的外形一层比一层小，两边是翘角瓦顶，就像一头张牙舞爪的妖怪，左右像巨翅伸向天空。围着这所房子的树木，高耸参天，密不透风，阴森而带有魔气，远远听来似有如泣如诉之声，由外向里看，一丝亮光都不外泄。

邦德继续向前爬行，一步一寸地挪动，以免发出招人起疑的声响。一步比一步惊险，他要了解周围的环境，以备必要时逃命之需。

古堡上的雕饰和镂金，在月光下如同千万双虎眼，在监视着院里的动静。邦德小心地提防探照灯和枪口。终于他平安到达屋前，开始搜寻吊桥的进出口。

他找到一扇小门，铁链和门锁饱经风霜，锈迹斑斑。但门还被另一个铁栓锁着。他继续向前摸索。这个地方地势很低，荒草野蔓有一人多高，他心想这也许是以前的护城河，现在已经干涸了。

邦德爬到门前，仔细察看门锁和铁闩，发现可以用他的百合钥匙打开。邦德想，今夜已经将地势摸清楚了，还是赶快离开这个是非之地，等明天再来下手。他小心地循原路退回到围墙，继续向右方察看。忽然有一个动物迅速地钻入阴暗的草丛。邦德推断可能是种凶猛的毒蛇，于是慢慢地向前走着，忽然他听见一种异声，于是赶紧藏在一棵大树的背阴处，静静地听着。起初，他判断声音来自不远的灌木丛，好像有只受伤的野兽。不一会儿，前面来了一个东倒西歪的人。月光下，邦德看得很清楚，那个人脑袋肿得像个大皮球，脸和鼻子肿得只剩下缝隙。他像醉汉一样摇摇摆摆地走过来，嘴里呻吟不绝，并不时地对着月光吼叫着，声音很恐怖，充满痛苦。

突然，那个人停了下来。他发现了此行的目的地——死湖。他又狂吼了一声，两臂前伸，纵身跳进湖里。

映入邦德眼中的景象和刚才落叶入湖一样，但这次的骚动程度远比前者激烈，湖内的鱼、蛇、虫，像飞鸟般聚集在那个人的身上，那个人发出一声令人心悸的呼号，在水上翻了个身，就沉没到他梦想的天国去了。

邦德看得目瞪口呆，一身冷汗。这个自杀者在跳湖之前，不知吃了什么植物还是碰破了皮，致使肿得那么可怕！这个夏博士为自杀者做了太多花样，邦德想到这里，四面看了看，不禁打了个寒战。

布洛菲，你这个丧心病狂的魔鬼，亏你想出这么多名堂引诱人走向灭亡之路。你在欧洲害了那么多人还不够，现在又跑到东方来害人。今天遇到我，你算是死到临头了，看你这个恶魔还要向哪里跑！

邦德心里骂着，这对狗男女，心狠手辣，这些爪牙，真是助纣为虐，我明天一定把你们送下地狱！

院子里到处弥漫着硫黄的气味，邦德必须绕过热气腾腾的岩洞。岩浆像烧开的热稀饭，无休止地翻腾着。

邦德绕过岩洞，小心翼翼地走过去。这时他看见一个人，头戴礼帽，身穿礼服，系着黑领花，穿着细条花纹裤，静静地站在那里对着熔岩发呆。看他这身打扮，很像参加结婚典礼的证婚人或是呈递国书的外交大使。他面对沸腾的岩浆，是在祈祷？还是在请求宽恕？

但他来到这里最终的目的是求得终生的解脱，邦德想，我应该劝解劝解他，但我不会说日语。即使会说日语，我突然出现也会吓得他一头栽进岩浆里。就是没吓到，我与他素昧平生，凭什么劝导他呢？如果两个人争执起来，弄得被魔鬼爪牙发现，不仅救不了人家还连累了自己。我不能为了他一个人，牺牲自己，耽误大事。他非要以死赎罪，就让他如愿以偿死了好了。邦德想通了，待在树荫里没有动，静观其变。

绅士仰望明月，向着它挥了挥礼帽，踏着平实的步子跨过标石，两足并立，像游泳健将般跳进岩洞里。他的身体在沸腾的岩浆里一起一伏，向里卷去，他突然发出一声惨叫，令人毛骨悚然。一阵皮肉烧焦的味道透过硫黄气味扑面而来，刺得邦德的鼻子无法忍受。这个绅士用烧焦自己来挽救痛苦的灵魂。他做到了，用无限光荣的表现去见他的祖先。布洛菲的"死亡乐园"又多了一条记录。

日本政府为什么不把这个地方炸平，或丢几个汽油弹烧了它，让这里的狗男女也尝尝活活烧死是什么滋味。

只有几个无知的植物学家因为钞票，替这个魔头说好话。日本政府为什么能容忍他存在这么久？真是不可思议。现任日本首相和田中老虎决定要消灭他们了，但却不用简单明快的办法采取行动，而是利用我，让我单枪匹马去消灭他们，还限制我不能带枪，赤手空拳与魔鬼拼命。如果我成功了，就可说是天助，一旦失败，遭匪徒毒手、葬身死亡乐园，田中老虎和他的上级就会否认前议，不肯将"魔鬼四十四号"交出来，那我的死就一文不值了，我变成了一个冤鬼。邦德想到这里，心里非常怨恨。一边走，一边骂，日本人田中老虎、俄国人老毛子都不是好东西！

邦德心里又冒出一个问号，转念又想：难道你邦德不想杀死布洛菲？难道你不想报仇雪恨使新婚妻子含笑九泉？难道这不是天赐良机？你不是干得很好嘛，神不知鬼不觉地进了他们的腹地，你已经完成了必要的侦察工作，到了明天，就可以趁他们睡觉时将他们全部杀死。你很快就会回到芳子的怀抱，和她度过一个亲密的假期，然后再回到东京、伦敦，回到局长的办公室，接受他的奖赏和感谢。换个好心情，继续工作！

邦德一边仔细聆听，一边绕着墙走，最后回到了工具贮藏室。他进去之前先四周环视了一下。天已经破晓了，能够看见二十码之外的湖。薄薄的水气中有些大昆虫飞来飞去，定睛一看，原来是粉色的蜻蜓。粉色的蜻蜓？邦德到过很多地方，从来没有见过粉色的蜻蜓，但是这确实是真的！邦德突然想起田中老虎曾经告诉过他，来"死亡乐园"侦察的部下在临死前喃喃不休地说"粉色的蜻蜓在坟墓上跳舞"。

这是邪恶之地最可怕之处。邦德走进小屋，小心地避过各种各样的工具，身上盖了一些口袋睡着了，睡得很不踏实，梦里尽是恶魔和可怕的尖叫声。

第十七章
鬼 蜮 虎 穴

邦德在梦中遭遇的，皆是触目心惊、惊恐万状的鬼魂，一声凄厉的惨叫，把邦德吓得魂飞魄散。他感到现在似梦非梦，似真非真，他已经把梦境与现实混淆了。小屋内仍然寂静如常，但是门外一声声的惨叫，却使他不能再躺在麻袋中逃避现实了。他从墙壁缝隙向外窥视，看到一个农夫打扮的日本人，正顺着湖畔急匆匆地奔逃，口中发出声声叫喊，是呼救还是狂号？邦德不知所以然地观望着。这时，农夫身后出现了四个园丁，当然，这是园主手下的人，嘻嘻哈哈地紧追不舍，好像一群儿童在做捉迷藏。他们四个人手持长棍，呼啸奔来。这时一个彪形大汉像非洲土著投掷标枪一般，把手中的棍子向那个日本农夫掷去，"嗖"的一声，击在农夫的小腿肚上。农夫踉跄着倒在地上，无法再逃，只好跪地求饶，希望他们高抬贵手，放一条生路给他。农夫边哭边叩拜，样子非常可怜，可是这四个大汉，如饿虎扑羊一拥而上，团团围住那个可怜的农夫，一边嘲笑一边用棍棒任意拨弄求饶者。其中有一个头戴黑色鸭嘴帽，脚穿长筒胶靴，脸戴黑色口罩的汉子，相貌更是凶恶恐怖，忽然他一声命令，四人同时弯腰，分别握住农夫的双手双足，悬空而起，忽前忽后地摆动着，

"嘿"的一声，骤然之间，把那个可怜的农夫扔到湖中了。湖面上出现一个漩涡，声声惨不忍闻的哀鸣，从漩涡中发出，随着环环涟漪，飘散开来，传到岸上每个人的耳膜中。那农夫虽然拼命挣扎，但是无能为力，只能发出最后几声惨叫。声音渐渐弱下来，慢慢地，一切又趋于平静，湖面上漂出一片片鲜血，大群的食人鱼，正在争抢农夫的尸体，场面惨不忍睹！

那四个大汉，爆出一阵大笑，手捧肚子，笑得上气不接下气，直不起腰来。那粗野而近疯狂的笑声，在洋溢着恐怖死亡氛围的空中飘荡，显得极不协调而邪恶，使人难以忍受。

接着，这四个人转身向小屋走来，邦德迅速钻回麻袋堆中，藏了起来，继续倾听四周情况的发展。果然笑声近了，戏谑声清晰了，紧接着是推门声，丢放木棍声，取工具声，拉动运物车声，关门声……纷至沓来。

不久，邦德听到他们在室外互相呼叫，声音时远时近，渐渐地呼喊声静了下来，他又走出麻袋堆，舒畅地吸了口气。这时远处传来一阵洪亮的钟声，他摸出田中老虎给他化装用的老爷手表，看见时针正好指在九点，心想，这大约是园子里一天开始工作的时间。在日本流传着一种习俗，即被雇用的职工，为了表示对雇主的忠诚，取得好感，均提前半小时工作，迟半小时下班。午饭时间多半是休息一个小时，这样算起来，这些园丁要到下午六点半才能下班。他必须忍耐到园中没有工人出没时，才能在低垂的夜幕下外出活动。因为邦德对园中的一切不甚清楚，所以必须随时注意，处处防范，机警敏锐，以应万变。

邦德习惯七点左右吃早餐，所以现在已经是饥肠辘辘了。他从浮囊中取出一些果腹用的牛肉干当早点，就像一只反刍的动物，嘴里不停地咀嚼着，同时，脑海中回忆刚刚发生的那惨不忍睹的一幕。任何人步入这片死亡之域，唯有一死，因为园主颇具助人之德，定然协力帮人完成自杀愿望。如果自杀者中途又对人生感到依恋，改变初衷，也毫无用处，只能如那农夫，唯有一死。

邦德边吃边想，感到烟瘾萌动，颇不自在。他唯恐在这小屋中留下太多烟味，引起园丁们的疑惑，反误大事，只好低下头来，咕咚咕咚喝了一些冷开水，企图用水把这股烟瘾浇灭。

过了一个时辰，邦德听到湖对面发出细碎的脚步声，他急忙从缝隙中向外窥视，看见那四个园丁，好像仪仗队一般横排而立，肃穆无哗。邦德看到这种情况，心想可能是园主来做他每日巡视的必行课目。此时，邦德觉得不共戴天的仇人即将出现在自己眼前，心脏突然亢进，脉搏骤然加速，可谓是冤家路窄，仇人相见分外眼红！

由于视线遭受缝隙的限制，视野幅度不大。邦德尽量向右边的正房窥视，不巧，他的视线仍然被一片招魂树遮住了。这片看起来洁白无瑕的灌木，花色很绮美，但却有一种毒素，可置人于死地，这和罂粟花有异曲同工之处，其不同点在于前者立即置人于死地，后者慢慢使人丧命。"今晚我必须对这片白色毒物敬而远之，可不能疏忽大意让自己丧命！"邦德给自己提了个醒。

一会儿工夫，邦德的视野中出现两个人物，他们从湖岸的一条幽径中漫步而至。这对人影，使邦德再度掀起一股报仇雪恨的冲动，血液似在周身沸腾。这对人影，真是布洛菲夫妇，男的全身披挂盔甲，盔甲耀眼。这是一套日本中古武士们所用的盔甲，与邦德在东京剧场所看到的古装舞剧里的武士装束是一样的。布洛菲优哉地用手握着一柄寒光闪闪的武士刀，左手挽着肥猪般的妻子。布洛菲太太，是个粗线条、身材臃肿的女人，举手投足颇像一个凶狠的狱卒。她戴着一顶绿色草帽，后面几片黑布下垂到臂膀口，迎风飘晃着，身上穿着一件厚而笨的塑胶雨衣，双脚穿着高筒皮靴，看起来颇似台湾民间拜神游行的"八爷"。虽然他俩这么一副怪模怪样的打扮，可是逃不过邦德那双锐利的眼睛，他确定那就是布洛菲夫妇。

突然一个念头出现在邦德的脑海。他想，如果自己猛然间把布洛菲这对恶魔推到湖中，湖里的食人鱼会不会咬碎他们那一身臭皮囊？又想食人鱼对付这身装备应该是个问题。同时自己的后果不堪设想，很可能被那些彪形大汉拖起来，丢进湖中。不行！此非上策，弃之为妙！

当布洛菲夫妇走到那四名大汉身边时，他们竟然跪地相迎，叩头如捣蒜，然后再起来肃然而立。布洛菲把护面罩拉向盔甲，向他们致训。这些人恭立聆训，其中有一人，如一条家犬。邦德第一次注意到那个人腰里系着皮带，挎着一把自动手枪。由于离得远，邦德听不见他们讲的是哪种语言，心想这么短的时间内布洛菲不可能学会日语，他可能用英语或德语（可能是"二战"期间私通德国时学的）在训话。那个带有手枪的人，忽然谄笑地指着湖中漂着的一片蓝布，表示他们如何忠诚和负责。布洛菲注视了一下湖面，点头表示赞许，这四个大汉再度跪拜如仪。布洛菲微扬左手，算是答礼，接着就挽着那位肥猪般的妻子去别处视察了。

邦德聚精会神地注视着这四个大汉，看他们在主人走后是什么反应是顺服还是怨恨，也好加以利用。观察结果表明，这批奴才确实很忠心。仪式终了，他们就各自转身自觉地工作起来，热心而积极，真可谓训练有素！

不久，这一对魔头夫妇的"影子"再度映入邦德的视线。这次他俩是由左而右的方向前进，可能是绕湖巡视其他小组的工作。田中老虎提供的资料中谈及这园中的园丁兼帮凶就有二十多个，这座"死之乐园"的面积，约有五百英亩。如果这二十多名园丁以一组四人计算，也有五六个小组。这些小组分布在每一角落，平均每组要管理四十多亩呢！这时布洛菲已拿掉盔甲上的面罩，和他的妻子边走边谈，神态自若。距离邦德约二十码时，他们停住了脚步，站在湖之畔，观赏起湖色和园景。湖面中死人的衣服，仍在随涟漪浮动，犹若幽灵凌波而舞。果然随着空气传来的声浪，是清晰可闻的德语，邦德集中精神，捕捉他俩所谈的每一句话语。

"食人鱼和火山岩浆，的确是好玩意儿，把我们这座乐园，保持得这么干净利落。"布洛菲说。"大海和白鲨也能派上用场呢。"女魔头说。

"大海和鲨鱼并不可靠，你记得上次捉到的那个间谍，我们在侦讯室中给他享受过那种味道后，不就把那家伙丢进大海中去了吗？"

"是呀！"

"可是，他们在海滨发现那个家伙身体完好如初，并不是我们想象的那样，他竟然还活着呢，那批鲨鱼样儿虽凶却是绣花枕头，没什么用处。现在湖中有了食人鱼，使我们省事省心，保证能使那些想死的人，一点儿痕迹都不留。要是当初把那个警探扔到湖里就好了，我并不想招惹福冈的警察经常造访我们这儿。"

"当时你不是说那样有杀鸡儆猴的作用，所以故意放走一个神志不清、半死不活的废物回去做宣传吗？"女魔头说。

"但是事后我就懊悔了。根据情报，福冈已经派人到过黑岛，那可是为我们去布线的，也许是向那些愚蠢的渔夫调查失踪死亡的数字，实际上那些被他们卫生队拉回去的尸体仅有二分之一，假设死亡数字再不停地上升，可能会引来不少麻烦。小野情报上说，现在日方表示不满，要求当局调查真相。"

"那你说我们怎么办呢？"

"如果到时候危险的话，我们就走为上计。再向日本政府要求赔偿，捞他一票，然后再去别处。任何地方都有想要寻死的人，只要我们别出心裁，耍出各种噱头帮助别人寻死，肯定会有源源不断的人，但我们必须注意每个国家的民族性格。譬如大和民族，中意于暴力的恐怖，民族性格急进好胜，我们就要针对他们的喜好加以设计，使他们对死亡幻灭发生兴趣，跃跃欲试，这样才算成功。对别的民族，就不能墨守成规，必须另有花样。例如拉丁民族，爱好罗曼蒂克，所以我们就必然倾向一种热情、浪漫、洋溢着诗情画意的设计，如奇伟的瀑布、惊魂的枯渊、动魄的孤峰、寂寥的断桥、古老的栈道、千仞的悬崖，这些美景在心理上能使人产生一种'死'的强烈欲望，这可说是一种'死的诱惑'，南美洲的巴西就是一个理想的地方。"

"也许收获不如日本呢！"

"我的好妻子，数字这种东西并不重要，应该重视观念。在整个历史进程中，人类要想创造全新的事物很困难。从这个角度来看，我已经拥有不可磨灭的建树。上帝造人，象征生；我来灭人，象征死。虽然我的成就不能和上帝相媲美，但是起码可以说在人的生死上我与上帝同时各执一端。这是不能否认的事实。"

"是的，不错！"

"可是许多浅薄的人，认为生存是人生的必然现象，也是自然律的本质，因而天主教规定自杀有罪，灵魂不能升入天堂，肉体不能以宗教仪式下葬，真是可笑！尤其是那些人为的法律，也认定自杀是犯罪行为，认为凶犯与被害人同为一体，自杀未遂，应受处分。其实自杀与被杀之间的界线是微乎其微的。基于这一点，他们忽视了基本人权的双重性，人有求生的权利，也必然拥有求死的权利，正如人有吃的权利，也有消化排泄的权利，你说对吗？"

"我亲爱的丈夫，你说得极是。你真是一位伟大的人物，因为你已把你的思想付诸实施——在这遥远的东方，你已经建立起举世无双的死亡殿堂，与上帝的天堂上下呼应。"

"你是我的知音，我准备把全部思想和计划写成书，流传人间。到那时，人们会豁然开朗，感到人世间还有这样一位超人，伟大得如神，于是人们就会对我膜拜、讴歌与祭祀，并且还会……"

"并且还会把你的思想宣扬为'哲学的新范畴，掀起新思潮'，更会……"她赞扬道，但是她的话还没讲完，就被布洛菲抢去了话头，他大声地说："更会被现在的人指摘为狂妄、荒谬！被现在政府下令缉捕、制裁。要不是我行事机敏，也许我俩早就被他们执法了，死在他们愚蠢的法律之下！

　　"唉，夫人，我们生活在一个愚人的世界，生活在一个将伟人视为罪恶的世界。"布洛菲放低声音说，"唉，不谈也罢！我们再到别的地方去看看吧。"两人边走边谈，大发谬论，一直走到邦德藏身的小屋前。布洛菲停下脚步，指着屋门说："这间小库房，要时时小心，门又没有关，我嘱咐过他们千百遍了，叫他们一定把门关牢，真是粗心大意！如果里面藏着一个间谍密探，那还得了？走，快一起去看看！"

　　这几句话，邦德听得清清楚楚，心想：糟糕！连忙伏身卧地，把很多麻袋盖在身上，他硬着头皮，准备迎接即将到来的危险。人处在这种情况下，只能默默祈祷上帝保佑了。细碎的脚步声近了，金属盔甲相撞的声音更加清晰。

　　现在布洛菲走进了库房，邦德可以感到布洛菲那特有的气息和猎犬似的到处搜寻的目光。这是一个危险、紧张的时刻。

　　只听见刀出鞘及盔甲碰撞的声音，接着，魔头就挥刀向这堆布袋猛砍乱戳。邦德闭上眼睛，只能听天由命了。这时冷气从背脊骨传遍全身，汗液从每个毛孔中渗出，突然邦德感到背部一阵疼痛，好像被刺了一刀，真是危险！那魔头的刀尖把邦德背部的衣服刺了一个口子，再深一分就会皮破血流了！这种任人宰割的滋味非常人所能忍受。所幸那个魔头挥刀戳了几下，解除疑心，满足地笑着离开了。盔甲上的金属鳞片唰唰直响，声音渐渐远去。邦德轻松地出了一口长气，听见那魔头一阵阴阳怪笑，然后说道："还好，没有什么，不过明儿个你一定要提醒我一声，这间小库房要用把好锁，牢牢锁好才行！小野这东西是个大浑蛋，粗枝大叶，阳奉阴违。"

　　"是，我明天一定提醒你！"

　　这对魔头渐渐向那片白色的招魂树的方向走去。邦德坐起身来，把布袋推开，使自己有足够的力气按摩按摩后背，同时把嘴里的泥吐干净。他看见布袋被戳坏很多，如果不是那些布袋，他那套瑜伽衣衫也难逃厄运。现在总算躲过一劫了，邦德打开水袋，喝了几口冷水，精神为之一振，再度将脸贴到壁缝处，向外观察，觉得起码目前这阵子是平静的，就立刻回到布袋堆边，把凌乱的布袋整理了一番，然后躺在上面，分析布洛菲说过的每一句话。

　　邦德觉得布洛菲肯定是疯了，不然不会说出那些荒谬的话。他很清楚地记得一年前，布洛菲说话是平静祥和的，低音慢调，毫不紊乱，现在竟然这么狂放自大，语音粗狂简直就像希特勒。过去这个魔头残酷冷静，犯罪谋略几近精确，现在如何呢？分析起来，那些优点发生了变化，可能是以前那两桩大案在几近成功时突遭失败，他受到巨大打击，以致心理上渐变为今日的狂态。那两桩大案的侦破上，邦德有着不可磨灭的功劳，现在回忆起来仍觉余味浓厚，撩人雄志。唉！往者已矣，不想也罢！邦德把思绪拉回现实。这个藏身之所已经不能再待了，今晚必须开始行动。在此前提下，邦德开始考虑行动的计划。他觉得，如果能潜入室内，肯定会置布洛菲于死地，同时他也想到，今晚孤军一人也可能失败，惨遭不幸。于是他把心一横，狠狠地决定："即使失败，也要把布洛菲的灵魂带到阴曹地府，必须和他一起灭亡！"想到这儿，他觉得人生太值得留恋了，芳子的丽影又映射在心头，顿时如雨过天晴，碧空如洗，心情爽朗多了。自己枯竭的生命受到芳子爱情雨露的滋润，犹如枯木逢春，再度生机蓬勃。真是矛盾啊！由于芳子的倩影出现在心头,破釜沉舟,拼死一战的决心发生了动摇，他爱芳子，不忍她痴情地等待……

这时，邦德已疲惫不堪了，再度进入梦乡，但是仍旧被可怕的噩梦纠缠，心灵和肉体都不能获得片刻安宁。

第十八章
夜幕行动

　　黄昏的晚霞，映红了这座恐怖的园子，一阵低沉而洪亮的钟声从古堡正屋的方向传来，一共六下，似有韵律一般，但气氛阴森。天空也好像被霞光披上了一袭绯色的纱幔，罩在这小屋的四边。房外蟋蟀奏起富有旋律的乐章，其他秋虫也在忽高忽低地做着和声与伴奏。

　　飞舞在空中的蜻蜓，在这夜幕低垂的时分，已经终止了全天候的飞翔。接班上演的，是巨大的蛤蟆，它们纷纷从河边的土丘中钻出来，开始它们在黑暗中的活动。邦德从墙壁缝中再度向外窥视，那四个园丁，又出现在他的视野中，他们在路边燃起一堆火，可能是在燃烧枯枝残叶或别的垃圾。接着他们又从湖中把那农夫的衣服捞出来，嬉闹着把两根留在破衣中的白骨拣出来，扔入湖中，破衣服则顺手丢进火焰。随着水气的升腾，不一会儿那残破的衣服也被火焰吞没。其中一人继续看着火堆，其余三个人笑闹着把工具堆放在车里，转身推着工具车，向邦德藏身的小屋走来。进屋后，谁也没留意屋中有没有变化，便很快离开这间小库房，和看火堆的园丁一起，向古堡走去。

过了一会儿，园中似乎很静谧了，邦德才从布袋堆中钻出来。他知道这是最安全的一段时刻，于是站起身来，活动了几下腿脚，舒展舒展筋骨。突然一股强烈的冲动，全身每支神经末梢都要求邦德必须为它们过过烟瘾！他想，也许这是今生最后一次抽烟了。于是他取出一包烟，抽出一支放在唇间，那芳香的气息立即灌满全身，宛若芳子的体香，格外亲切熟悉。他到小屋的墙角以把火柴的光亮压缩到最低限度，用最快的动作点燃烟，再用鞋子把火柴踩熄。邦德狠狠地吸了一口，把烟雾灌入肺中，久久不愿吐出来。

"啊！真舒服！"邦德低低自语道，"现在就是死也无憾了！"

尼古丁给他带来了力量和坚毅，邦德心想："布洛菲和那些日本黑龙会的党徒们，以及恐怖的死亡乐园，现在看起来，有什么可怕呢！"邦德想了想，又深深地吸了一口。烟被吸入肺叶里，久久没有要出来的意思。当肺达到不能再吸入的极限时，含有碳酸气的白烟，才慢慢呼出，这时铃木芳子的笑容，又开始浮现在他的脑海中，邦德再度低低私语："芳子现在应该在吃豆腐和鱼片，心里盘算着晚上怎么游过来吧！今晚该是你来接应我返回黑岛的日子了，我和你分别快24小时了，但愿老天保佑，再过几个小时，就是我俩小别重聚的时光。我的天，谁知道几个小时后世界会变成什么样呢？"

渐渐地，那支香烟快烧到邦德的手指头了，他不顾火燎嘴唇的痛楚，用指甲掐着短短的烟蒂，狠命地吸了最后一口，这才依依不舍地丢在地上，用脚踩熄，从壁缝中丢出屋外。

夜已深了，秋虫的声音也渐渐低弱了下去。一天来，邦德仅仅吃了几片牛肉干，现在又觉得饥肠辘辘。邦德打算什么也不想了，他把水袋和牛肉干取出来，一面吃一面仔细地收拾工具，为即将爆发的大战做好准备！

一切收拾妥当，又休息了一会儿，听到古堡中传来九声钟响，邦德这才从屋中悄悄地钻出来。月光泻满了园子，伴着上帝保佑的意念，邦德踏着月光，紧走了一会儿，来到他昨晚走过的一条树荫较多的山间小路。这条路僻静幽暗，正适于夜间潜行。

邦德隐身在林边，伏下身来，仔细地探查那座神秘恐怖的古堡。突然，一种阴森幽冥的气息直冲心头，在这座巨大的古堡阳台上，升起一只商业广告用的大气球，气球下面悬着巨大的条幅，每一格悬着一个日文大字，那是一句用作警告行人入园要小心的标语，实际上是布洛菲引人上钩的宣传广告。

邦德隐约看到三楼，也就是当中那排窗子，发出淡黄的灯光，邦德心想，这就是今晚我将要进攻的中心目标。他长吁了口气，敏捷地穿过林前那片平坦区域，来到一座木拱桥下端的小门前。

那身黑色的瑜伽衣衫的暗袋中，放着各种不同的工具，邦德取出一支钢笔式的手电筒和一把小钢锉。经验告诉他，锁链的铁环比钢锁上的钢环容易折断。于是，他毫不犹豫地锯起来。不到三十分钟，邦德终于把铁链上的一个铁环锯断了。他把钢锉插进铁环，用力撬动，一点点把那铁环撬开，使铁链脱节，又轻轻拉开门栓，这扇木门就可以慢慢推开了。邦德站在木门外，慢慢向里推，使门容下一人出入。里面黑黝黝的，邦德用手电筒向里照，在离门不远的地方有一架仿佛捕鼠器式的"捕人机"，大小如这扇木门，四面是齿形的铁牙，上面一排，下面一排，上下对应，铁牙锐利非常。入门处是横条"木马桩"，进门的人如果不小心，被地上突出的"木马桩"绊倒，必然触及铰链，刹那间，"捕人机"入口处上下铁齿交互咬合，必会把被捕者咬成两段或数段，头部也会被咬得脑浆迸裂，肉烂骨碎，绝无侥幸。

"捕人机"被一层薄薄的稻草所掩盖，以防被人发觉，幸亏邦德平日训练有素，遇事胆大心细，观察力极强，否则今晚邦德就是"捕人机"的第一个祭品了。想到假若自己不幸被"捕"，邦德不由得毛骨悚然！

邦德小心翼翼地把门关上，蹑手蹑脚地绕过"捕人机"，手持电筒，如履薄冰，步步为营。他想类似的这种机关肯定不少，颇有深入鬼蜮虎穴、危机四伏、杀机重重的感觉。

前面仍是一片漆黑，从手电筒的细小光柱中能看到有台阶的通道。邦德判断，这可能是一个大的地下室。经他仔细观察，的确是存储食物的地下仓库，一所可以供养一只小型军队的粮食仓库。再向前行，突然发现有黑影从空中闪过，呼呼有声，把邦德吓了一跳。他立即停止前进，隐蔽观察，原来是一群蝙蝠结队飞舞，这才使他放心大胆地向前走去，因为在蝙蝠飞翔的地方必然是无人地带。

走过一段距离，地穴越来越窄，邦德已可以看到两旁的石壁，再向前摸索，蛛网密布，尘封久已，潮湿的空气也渐渐浓厚了。

邦德判断蛛网和尘封的这片地带，也是安全区，气氛虽然有点儿吓人，但他却无畏地向前走。又走了一阵，是一段向上的石阶，从下面到上面的入口处，他详细数了，共二十阶。邦德小心试探着向上走去，阶上入口处的大门，是双扇的木门，邦德轻轻地推了推门扇，从发出的轻微声响中听得出门锁很古老。他从衣袋中取出一根窃贼常用的锥子，把弯薄的那头从门缝中穿过，插入铁锈剥蚀的门锁，用力撬动。不一会儿工夫，就撬断了，门钉也都脱落，剩下的铁锁失去了作用。慢慢推动，锈蚀的合页吱嘎直响，在恬静的古堡中回荡，把邦德吓得心惊肉跳。他立刻贴紧墙壁，隐身门边，手握铁锹，以应万变。静静地等了很久，发现里面并没有什么动静，才把门推得更开了一点儿。走过这扇大门，里面仍是一片漆黑。邦德思虑了一下，觉得这门锁已经锈蚀到这种程度，可能很久无人问津，应该还算安全。于是，邦德再次把手电打开，探照前进。走了不远，又是一段石阶，石阶上面有一座新式的木门，油漆光亮，明可见影。邦德轻轻沿阶而上，来到门前，缓缓地推了推门——奇迹发生了，门竟然没锁，岂非天助？邦德兴奋又沉着，静悄悄地把门推开，走了不远，见又一条向上延伸的石阶，再沿阶而上，尽头又是一座木门，一线光亮从门缝中透射过来。邦德觉得接近了中心地带，一种兴奋而又紧张的情绪立即萦绕在他的全身。

一点儿也不敢大意的邦德，悄悄走到前面这扇新型的木门边，驻足而立，屏息静气，把耳朵贴在门锁的孔洞上，细细倾听，没有听到一丝声响，静得像鬼屋。他站起身来，缓慢地转动门闩。所幸也没有上锁，房内并无人迹。邦德鼓足勇气，迈过门槛，转身把门轻轻关上了。这是一间偌大的厅堂，由门口开始，地面上铺着一袭暗红色的地毯，右边是一面油漆光亮的大木门。邦德心想，这座大厅，可能就是这座古堡的正厅，那扇大门，可能就是正门了。再举目张望，天花板上是一方方的木格图案，古老雅致，颜色已经脱落。在这古色古香的天花板中央，吊着一只明亮的顶灯，火焰吐出颤抖的光辉，除了这些，厅中再没有其他典雅的装潢了。在这间空旷的大厅里，飘着阵阵阴冷而死寂的石头吐霉的气息。

邦德沿壁边而行，未敢触及地毯。他边走边想，这间大厅，应该就是在外面看到的三楼，也就是中间那层了，换句话说，已经深入到敌人的中心区了，距离布洛菲的住室很近了。于是，他为初步行动的成功，暗暗自喜，骤然精力倍增！

在他潜入这座大厅的入口对面，有一座同样对称的木门，从房屋使用经验看，这是通往客厅以外的公用间、门厅一类的房舍。邦德紧沿墙边走到那扇木门前，弯下身躯，通过钥匙孔向里窥视，并没有发现人迹动向，所能看到的，只是一片昏沉不明的景象。邦德轻轻推开门，作进一步的观察。确定无人，才低身钻入。这一间和正厅同样大小，但在布置装潢上却很华美，这可能就是魔头的主客厅，许多高级寻死的房客，在这里享受人间最后的接待。邦德急速地掠视这间客厅，地板上铺着孔雀图案的波斯花样名贵地毯，地毯上面陈设着古色古香宫廷式的家私，依照传统习惯，布置井然。在客厅的两个角落，食人鱼的骨骼和十余颗死人的头骨，使这座客厅显示出古老而又神秘恐怖的气氛。置身其中，不觉会联想起死神魔爪伸张时的惊悸和鬼魂显现时的恐惧。一阵阴森的冷气，使人背生凉风，胆量再大，也不能不毛发悚然。

邦德进一步审视这客厅的情势，以做应变的准备，觉得只有那一排排低垂落地的窗幔，才是隐身的地方。于是，他仍旧紧贴墙壁，沿墙根而行，走到第一扇窗边，就蹑足隐身于窗幔里面，再由第一面转到第二面，从另一扇转到再一扇，终于到达客厅的另一端。

这时他揭开窗幔的一角，向外探视，发现又有一座房门，可能是通往别处的通道。他正凝神观望之际，忽听脚步声传来，他立即挺身紧靠窗墙而立，屏息静听，同时从腰间抽出一根细锁链，绕在左拳上，右手紧握锥子。气氛顿时紧张极了。

邦德从窗幔缝中，见到那座房门已被开启一半，露出一名园丁的背影，那人腰间配有手枪，装在一只黑色的皮质枪套中，看样子是日本人小野。据调查资料，邦德知道小野在第一次世界大战时在日本宪兵队服役，是黑龙会的一个无名小卒。因为工作的关系，他和德国人接触频繁，说一口流利的德语，现在主要身份是园丁的领班，兼做布洛菲的翻译。他被召唤进去，难道是因为白天那间小库房的屋门没关？可是，他站在门边，好像用手在旋转什么，邦德在用他那智慧的触角，来思考这一奇怪的动作：

"他在弄什么呢？是电灯开关？不对，这里没有电源，哪有什么开关？他到底是在做什么？"

邦德想到这里，看见那个人向房内深深鞠躬，做出退出的样子，宛如日本大臣觐见天皇之后，倒退出宫，完全一副奴才样。然后，这个人才把房门小心翼翼地关上，脸上挂着奸诈的狞笑。黄色的脸上，露出一排银色的假牙，那种小人得志的浅薄样，使人看了就会作呕三日。

邦德隐约看着那人走出客厅，接着，传来一连串的声音，那是另外的房门上锁的声音。邦德又静待了五六分钟，再度向外探视，这时偌大的一个客厅静寂的又只剩下邦德一人。

目前，该是邦德要走的最后一段路程了，虽然很短，但却是人间最惊险的一段路。

邦德双手仍紧握着不算武器的武器，放轻步履，从窗幔后走出来，驻足站立在门际，附耳倾听。里面是死一般的寂静，没有一点儿声音，可是刚才那个园丁明明是在向里面恭敬地鞠躬，一会儿工夫，怎么听不到一点儿声音呢？

哦！对了！日本人是惯于朝他所崇拜，或是所爱戴的主子住地行礼的，这种顶礼膜拜不过是表示一种敬爱而已，在这种情况下，房中当然是不会有人的。

想到这里，邦德也就不再有所疑虑了，他快速地把那扇房门悄悄启开，挺身而入。

没想到却是空无一人空荡荡的房子。这间空房子，约有两丈宽，天花板的中央，吊着一只顶灯，油灯发出的光亮，照着地板，映出晶莹的影像。

"这地板不会是'音乐地板'吧？不会，刚才那个园丁走过来，这地板并没有发出伴奏的吱嘎声嘛！"

警觉性发挥到极致的邦德，可不敢大意，仍是沿着地板的边境向前走。这时一阵悦耳的音乐声，由另一间房中传来，正是华格纳的曲调。优美的旋律，在空中萦绕回旋，这对邦德无疑是一个极大的启示：

"布洛菲，谢谢你的音乐片，省去我许多麻烦，现在我就直接到你的房间里来了！"

邦德想到这儿，就立刻猫着身子，向那放着留声机的房间走去。

邦德刚走到两门之间的中心点，忽然，整片的地板，有两丈多长，变成儿童玩的跷跷板了，他站的一端突然下降，另外一端向上翘起。光滑的地板，使邦德站不住脚跟，像被倒的垃圾一样往下滑。邦德伸手乱抓，可那只是动物的一种下意识的逃生本能而已，哪能有什么作用？眨眼间邦德翻落到地下室中，地板又恢复了原状。

这时警铃大作，摔晕的邦德惊醒过来，他用手支撑着疼痛的身体，坐起来细看。这是用石块砌成的墙，牢不可破。他这才想道：

"哦，原来如此，刚刚那个园丁在门口抚弄的，就是这翻板的开关。本来翻板机关这一类的东西，在东方古堡古寺中，是常备的装置，竟然没有防备到。"

他正在冥想自语，忽然感到一阵眩晕，支持不住，昏迷了过去，可能是头部摔得太厉害的缘故。

昏迷中的邦德，梦到又回到了黑岛附近的海中，他抓到了两条大鱼，觉得非常疲惫，用力向有灯光的地方游去，看到许多人，正穷凶极恶地向他包围过来，他说：

"我不是渔夫，能在海中摸到两条大鱼，已经很可观了，起码我可向芳子做一个体面的交代，各位瞧瞧，这不是两条大鱼吗？"

"闭嘴！"突然觉得脸上一阵热辣辣的疼痛。

"我抓到鱼了，你们为什么还要打我呢？"邦德边说，边用双手来挡住那些人的殴打。

"芳子，快向他们说，不要再打我了。"他向爱人求救。

海岸上的灯光更亮了，变成一间堆着一层薄薄稻草的石室，邦德静卧在稻草上，身边站着一个陌生的园丁——一个日本人，正用手无情地打着邦德的耳光。

恍惚，邦德又见到一只小船，他在海水中，拼命向那只小船游去，希望能抓住小船的外舷，希望把手中的两条大鱼丢进船里。忽然，脸上又是一阵火烧般的疼痛，好像被船舷猛然撞了一下，头也像要爆炸似的。

这痛楚使他再一次跌回现实——邦德又回到那个被园丁痛打耳光的石室中，那些面孔狰狞的园丁，仍然站在那里，一个个由模糊变得清晰了，像凶神一样，虎视眈眈地望着邦德。

邦德眼前站着的那个银牙黄脸的日本人，正不停地打着邦德，同时，脸上挂着可怕的冷笑。后面一些人，有的在做帮凶，有的手举火炬助威。

"打我的这个日本人，他不是园丁领班小野吗？"这时，邦德又明白了，"原来他在拿我解恨。我潜入园中，他没有防范好，必然遭到他主子的责罚，现在只好打我来出气了。"

"糟糕透了！田中老虎，我已经失败了，不过再打也只是浪费你们的一番心机。我可以决然地说，我不是你们日本人，而是一个大英帝国的子民，决不会以自杀来谢罪。假如布洛菲不思悔改，必遭天人所共愤。我自信决不会徒然牺牲，必然会获得牺牲的代价！"邦德虽被日本人暴打，他的肌肉已经麻木，但精神却极其旺盛，许多思绪在脑海中掠过。

"是的，我是苏格兰的儿女，遇事不折不扣，再接再厉。但是，我现在化装的身份是日本矿工，又聋又哑，不能表示意见。哎哟！我的头痛极了，痛就痛吧！反正没有被割下来，怕什么呢？"

邦德依照日本人的习惯，驯服地跪着，双手下垂，嘴角被打得

鲜血直流，仍咬紧牙关，承受着那狂暴的毒打。忽然邦德发现自己
那身瑜伽衣衫被脱下来了，全身仅留下一条黑色的瑜伽内裤。这时，
他知道苦难不过刚刚开始，更痛苦的折磨还在后头，事情将会如何演
变只有随机应变了。这要有旺盛的精神作为支柱，必须聚精会神，才
能渡过难关。于是，他仿照日本人的动作，向那个配有手枪的日本人，
鞠了一个躬。小野用手捂枪，同时，用日语向邦德怒吼着。

装聋作哑的邦德，用舌头舔舔嘴角正在渗出的鲜血，懵懵懂懂
地看着小野。这时，小野拔出手枪，向他做着手势，命令邦德出去。
他似木头一样，又向小野鞠了个躬，准备离开。这时他已把地下面
的形势牢记心头，以防在被押回时，可以立刻知道他们是否会利用
他外出这段时间，在石牢中做手脚。

走过一条阶梯，穿过一排长廊，最后在一座门前停下来，小野
如遇天皇，恭敬而虔诚地扣着门。

走进这间神秘的房中，邦德看到这是书房兼客厅的布置，布洛菲
身着一件华贵真丝做的黑色和服，上面绣着一条张牙舞爪的金龙，安
逸舒适地坐在一张太岁皮椅上。他的脚前是一口日式的大炭火盆，炭
火金红，白烟幽然。邦德被推进房中，站在对面，仔细地观察这个魔头。
他那宽宽的额头，斑白的鬓发，初看起来，很像一位书香文士，但那
隐藏在胡须后面的紫色疤痕，却给人留下一种险恶狡诈的感觉。虽然
他尽量装出一副道貌岸然的样子，看起来，仍然很不和谐。

就是这个家伙，再伪装也难逃脱我这敏锐的观察力，何况是不
共戴天之仇的死敌呢？邦德站在那里，心里不停地盘算着。

几个园丁恭恭敬敬地向那个魔头行礼后，把邦德那套瑜伽衣、

护心背心，以及撬、锉、锯、椎等一类的特工工具，当作罪证一般放在布洛菲的面前。

坐在那魔头身边的，是那个如歌妓的女魔头——布洛菲太太，身着日本贵妇们最流行的和服，手中拿着一只黄菊花，一会儿拿起闻闻，一会儿又放在膝上。虽然她用这些动作来表示她的安详，但从她那团团转的眼睛中可以看到她被这突发事件，惊得万分不安了。

她望着地上摆放的那些部件出神，如果没有眼前这件事，也许正是她和自己的丈夫饭后炉边闲话的安详时刻。她一头鼠灰色的头发，被美容师梳成日本最流行的高髻儿，再加上一身宽大的和服，像极了一个巫婆。而她那过薄而预示残酷寡情的嘴唇，仍与从前没有两样，一双黄褐色像猫头鹰眼睛一般的"灵魂之窗"，射出阴毒的眼神。

冤家路窄，仇人近在咫尺，而不能亲手杀之，死难心安！真是一着不慎，满盘皆输。不然，这俩魔头，早就在我手中结束他们那罪恶的生命了！想到这里，邦德的头又剧烈地痛起来了。

布洛菲起来，走到墙角，拿起那把武士刀，抽出鞘来，然后走到陈列罪状的地方，不停地用刀尖拨弄着。刀尖与那些金属工具相碰，发出铿锵的声音。那魔头又用武士刀把那件黑色的瑜伽衣衫挑起来，好奇地向小野用德语问道："这是什么东西？"

小野内心早就忐忑不安了，现在主人这么问，更加慌张。他用颤抖的声音，恭顺地说：

"博士，这是一件瑜伽衣衫。瑜伽术，是由印度传到日本的，据说是佛教的一个支派，但佛教却认为那是外道。他们修三昧五义及八戒，如果修炼成功，能土遁、水遁，能飞檐走壁，能杀人于无形，普通人见到修瑜伽的人，都很害怕，也很恭敬他们。这个人虽没有练到杀人于无形的功夫，起码他会水遁和土遁，不然他怎么能进到这里来呢？我看，他是来暗杀博士的，要不是他踏上了机关，那就太可怕了！"

"他叫什么名字，做什么事？"布洛菲仍用德语发问道，"日本人还有这种高头大马？"

"报告博士，日本工厂工人中大高个子有的是，他的身份证上注明他是一个又聋又瞎的矿工，福冈人，但我不相信。他的指甲虽然断了一些，但手上的皮肤却很细柔，哪像一个矿工的手呢？"

"是呀，我也不信这种骗人的谎言，我有的是办法，可以使他说明真相！"布洛菲说，"亲爱的，你有什么意见？你的直觉很灵敏，凭女人的直觉，你来帮忙鉴定鉴定！"

"好的，遵命！"

那个女魔头说完，就站起身来，先偎依在布洛菲的身边，向邦德凝视着，看遍他正面后，又保持着相当距离，绕着邦德走了一圈。她之所以在这么远的地方向邦德上下左右不停地凝视，是怕邦德以迅雷不及掩耳之势突击。她那种边走边看的模样，真如一个正在向病人作法的巫婆，给人一种不快之感。她忽然绕行到邦德的右侧，表现出一副恐怖的肌肉抽搐的神情，喃喃地说：

"仁慈的上帝，我的天！"

紧接着，她慌张地走到布洛菲的身边，发出沙哑的声音，向她的男人低语：

"不可能的事竟然会发生，他右脸颊上的伤疤，左侧面的身影，被修剪的双眉，坚毅的神志，高大的体形……他那……他化装……"

女魔头说到这里，像大祸就要降临一般，又恐惧地别过头凝视了邦德一下，紧张地向布洛菲说：

"亲爱的，我可以确定，这个乔装成日本人的刺客，就是那个英国情报员邦德，詹姆斯·邦德！也就是他的妻子被你杀了的那个邦德！是曾经化名白莱爵士的那个邦德！"

她用手又指了指邦德，向布洛菲坚定地说："我对上帝宣誓，这个人就是你的大仇人邦德，请相信我！"

布洛菲双眉紧皱，向邦德看了又看，转向女魔头问道：

"嗯！的确有点儿像邦德，可是他，他怎么来的呢？又怎么会找到我的呢？到底是谁派他来的？"

"我想是日本的安全调查局向英国情报局请求调派来的！"女魔头说。

"应该不会，你想，如果日本调查局想逮捕我，他们就会手持检察官的传票，逮捕我入狱，何必舍近求远，多此一举呢？"布洛菲分析着眼前的情况，"我看，这里面的问题很复杂，我们要谨慎行事。"

"亲爱的，如何谨慎行事呢？"

"首先，我们要确定这家伙是真哑还是假哑。如果是假的，就进一步侦讯口供，等案情明了，再决定如何处理。"

"那么，我们立刻办吧！"

"是的，刑讯室会把这件事弄明白的，但在送他进刑讯室之前，先要煞煞他的威风！"布洛菲说着，转过头向小野说道，"通知山本来办这件事！快去！"

第十九章
密 室 刑 讯

现在屋子里有十个大汉，他们在小野身后靠墙站成一排，手执长棍。

小野向其中的一个下了令。这个人叫山本，体形彪悍，头顶光秃，像熟透的果子。只见他将手中的木棍靠在墙角，离开队列，大步流星地走到邦德面前，两腿分开站稳，龇牙咧嘴，向邦德发出不怀好意的怪笑。突然，他挥起右掌以泰山压顶之势，从旁边给了邦德脑袋一记耳光，不偏不倚，正好打在邦德摔伤的左脑。邦德觉得一阵剧烈的痛楚。接着他又挥出左掌，打得邦德满脸是血，滚到一边去了。这时邦德看见了布洛菲和他的女人。布洛菲像个科学家充满兴趣地看着邦德，女魔头张着嘴嗤笑。

邦德虽然挨了一顿痛打，但神智还算清醒，他明白必须趁着自己还有力气和意志的时候进行反击，否则，后果将不堪设想。

这时那个叫山本的打手扎着马步，双掌向邦德猛攻。所幸他没有用日本的传统柔道来摔跤。邦德抖擞精神，瞄准目标，运用踢足球的速度和技巧，向山本的腿弯处，使上浑身的力量，迅猛踢去。快！准！狠！妙！只听见山本野兽般的一声惨叫，摔在地上，痛苦地抱着身体滚来滚去。其余九个打手手提木棍,小野拿着手枪,冲围上来。说时迟,那时快,邦德跃过一把太岁椅,随手抄起,猛力砸向那帮狂啸的家伙。椅子腿打落了一个人的下颌,发出"咔嚓"的骨折声。那个打手痛得拂面而卧,号叫不止。

"住手!"

布洛菲狂吼一声,其他人马上遵命放下木棍,战战兢兢地站在那里,不敢再动了。

"小野,叫这些饭桶统统给我滚出去!"

布洛菲指着地上的山本和另一个伤兵说:"山本技不如人罪有应得,是生是死听其自然。如果死了,就丢到湖里。这个送去补补牙,仅此而已。对,还有,要让这个东西开口用老办法是不管用的。只要他还听得见,到刑讯室他就会顶不住而开口的。把他带到刑讯室,剩下的人都去谒见厅待命。出发!"

小野用手枪做了一个手势,其他几个人服从命令,打开书柜旁边的小门,顺着一条狭窄的石砌的过道走下去。邦德舔了舔嘴角的鲜血,他已达到体能的极限。刑讯室是什么玩意儿?他心里不以为然。也许在那里有机会杀死布洛菲,要是这样就好了!他们走到一扇粗糙的门前,停住脚步。小野让邦德推门,可是邦德装聋作哑,呆立不动。接着一个守卫的人把门推开,用枪顶着邦德的后背,押着他向前进了一个怪异的屋子,四壁都是石头,不仅燥热,而且散发出令人作呕的硫黄气味。

布洛菲夫妇进来了,门也关上了,他们坐在木椅上,上方有盏油灯和一只大钟。这不是普通的钟,每个数字下面都会画条红线。

时针正指到十一时零一分不到的地方，不一会儿，就听到"咔嚓"的一声。小野示意邦德走到屋子那头大概十几步远的地方，那儿有把带扶手的石椅，椅子上落满了灰泥，周围的地上也尽是火山灰。石椅上方有个很大的圆形洞口，通过它邦德可以看见黑夜和点点繁星。

这时小野穿着皮靴在邦德身后吱吱作响，他示意邦德坐在石椅上。椅子中间有个圆形的大窟窿。邦德照着做了，身上的皮肤碰到又烫又黏的泥浆，忍不住缩在一起。他疲惫地将前臂放在椅子的扶手上，强忍着折磨。"这魔头到底是在耍什么把戏？"邦德心想。

突然一阵狂厉的声音从石屋的那头传来，撞击在光秃秃的墙壁上发出嗡嗡的回声。这是布洛菲用英语发出的讯问："邦德中校，或许你更喜欢被称为英国情报局0字组第7号情报员，这里是我别出心裁设计的刑讯室，它有种奇异而神秘的力量可以促使沉默的人说话。我佩服你的耐性和毅力，但是我必须事先告诉你，这间'刑讯室'是建立在一座活火山的山口上。中校，你所坐的石椅，就是这座火山的火焰口。我们科学测量的结果显示岩浆的热度可高达摄氏一千度以上，也就是高于沸点十倍以上，足可以使钢铁熔化！这火山岩浆由火山口喷射出来高达一百米！您所坐的石椅建在火山口上方五十米的地方，也就是说，火山岩浆向上喷射的高度还有五十米。我们对这五十米做了巧妙的设计，可以调节火山爆发的时间，即每十五分钟定时爆发一次！"布洛菲向身后看了看，转回身说，"因此你可以注意到，据下一次火山爆发正好还有十一分钟！如果你真是聋子，无论是英语还是日语对你来说都没有用，时间到了你也不会站起来逃走，那么到时候你就会被岩浆熔化，变为乌有。我们这个世界已经人满为患，多死一个哑巴也无所谓。假如你是乔装的间谍，还想活下去，你一定会在火山爆发前离开石椅。如果这样，你就等着招供吧！"邦德决定不理会布洛菲的心理战。

"也许你觉得时间还没到，想拖延几分钟，这是愚蠢的想法，拖延时间只是苟延残喘，不能根本解决问题。你要想离开这个危险之地，必须先回答问题：是谁派你来的？有什么企图？和谁是同伙？你的上司是谁？这些问题你都得老老实实地交代出来。如果你不是哑巴或聋子，演到这里就该收场了，让我们谈点儿正经事吧！我尊重你乔装的身份，再让人用日语给你翻译一遍，以免你觉得冤枉。"邦德沉着地坚持着，对布洛菲的话没有任何反应。

"好！看你还能拖延几分钟。"布洛菲说，"小野，请你用日语把我的话再向他复述一遍！"

小野向那魔头鞠了一躬，站在门边，大声地用日语复述。邦德则尽量放松自己的神经，利用这短暂的时间养精蓄锐，准备做最后的一搏。于是他放松地坐着，冷静地观察这间岩洞，他的视线像雷达一样搜寻着每个角落，窥视每一样东西，希望能够加以利用。忽然他发现自己所坐的石椅右下方，有一个小木盖高出地面，上面有锁孔但没把手。邦德注视了一会儿，突然想道："一定是调节岩浆喷射时间的操纵盘，但是目前无法利用，还是想点儿别的办法吧！"

一阵叽里呱啦的日语忽然停止，时钟也"咔嚓"一声，又跳了一分钟，死亡的时间更迫近了。

表面平静呆滞的邦德仍然毫无反应，谁会知道他静如止水的外表下，内心正在激烈而紧张地准备着随时应变呢！

分针已经跳了九次了，邦德慢吞吞地抬起头来，看着那黑白分明的表盘。十一点十四！邦德感到石椅下如万马奔腾，震得隆隆作响，石椅下的温度也在骤然上升。他毫不犹豫地站起来，向没有岩浆痕迹的地方走去，然后转过头来，凝视着刚刚坐过十四分钟的石椅。石椅像是触电一般微微晃动，隆隆之声更加强烈，像是万军怒吼！

怒吼声逐渐变成惊涛骇浪般的咆哮声，地动屋摇，瞬息万变。像万架轰炸机一齐向这石洞俯冲，发出惨烈凄切、撼天动地的巨响。"轰隆"一声爆响，石椅中间的圆洞喷出一条耀眼的银红色岩柱。隆隆声中，这火树银花般的岩柱已经蹿出石屋，射向天空。转眼间，岩柱由银红色变成银白色，蔚为奇观。这时石屋内，奇热难耐，呼吸困难，硫黄气味使人感到窒息。所幸火山喷射岩浆的时间不长，只有三十秒。然后这个白热化的擎天柱开始倾斜，继之中断，飞射一半的岩浆从空中落回石椅中间的岩洞。一团团冒着热气将要凝固的岩浆像泥巴一般，从屋顶的圆洞落在石椅四周。

火山口发出一阵阵响声，热气从石椅的圆洞中向外涌了出来，刹那，这间石屋被硫黄气味和白雾笼罩，呛得人咳嗽不止。渐渐地，气体从山洞冒了出去，石屋恢复正常。这时时钟发出"咔嚓"一声，指向十一时十六分。

邦德转过身，带着揶揄的浅笑对布洛菲夫妇说："布洛菲！我不否认你在犯罪技巧上确实是独具匠心。我邦德不幸落在你的手里，只有面对现实，准备任人宰割。如果你有更精彩的把戏，就拿出来让我开开眼界。也许你用这种逼供的方式能得到你想要的结果，可是我也要奉劝你，我不是一个不战而降的懦夫！"

布洛菲对女魔头说："亲爱的妻子，你听见了吗？现在我不得不承认你的观察力多么敏锐、犀利和正确！他的狐狸尾巴果然被你揭穿了，有机会我一定送你一条最珍贵的珍珠项链作为奖励。现在让我先把他解决了，因为我们睡觉的时间到了。"

"你问出他的口供再解决他也不迟呀！"女魔头建议道。

"亲爱的妻子，讯问口供也很简单。你瞧，他的伪装不是已经被我轻而易举地揭穿了嘛！"

"好丈夫，这都是你能力超群的缘故！"

"小野，把他押走！"

谁也没有想到这群人又从原路回到那个书房兼客厅的房间。布洛菲夫妇又重新坐回原来的椅子上。火盆中加足了木炭，室内很暖和。可邦德因为赤裸着身体仍然觉得寒不可耐。

布洛菲用手把玩着武士刀的金柄，闲适地喝了口茶，如此悠闲，好像把刚才紧张的一幕早已淡忘了，又好像刚才只是一场户外游戏。

趁着布洛菲尽可能表现出这份安闲的间隙，邦德迅速地盘算着可能发生的一切。他想："'老虎局长'命我乔装聋哑矿工，真是莫明其妙。这种设计不堪一击，我决定不这么干了。"既然已经这样了，邦德也就不再客气了，伸手拉出一把椅子坐下来，顺手从桌上取出一支香烟点着了，自由自在地吸起来。他又想："这人生剧场快要谢幕了，马上就要长眠九泉了。不，也许会被食人鱼瓜分而食，还不快吸根烟，就是死，也要死得享受一点嘛！"

邦德边吸边想，同时把烟灰顺手弹在名贵的地毯上，架起双腿，舒服地摇晃着，也做出十分安闲的样子。

"小野！把地上这些邦德中校的东西捡起来，待我抽时间再详细地研究，你去把东西放好。然后到'动员室'待命，把内燃机灯、各种工具都准备好，一会儿可能会用，别到时候来不及！"

"是！"小野拿着那些在地毯上摆放的瑜伽衣衫等走出书房。

"现在是你交代全部案情的时候了，如果让我满意的话，我会发发善心，让你死得痛快一些！"

布洛菲说完，举起那把武士刀，用手指弹着刀身，发出铿锵的声音，然后又说："这把刀可是削铁如泥，我又是一个玩刀高手，保证今晚让你丝毫不觉痛苦。如果你再耍花样，那就使你受尽折磨！不管你愿意痛快地死，还是愿意慢慢受折磨，我都有办法使你招出一切！因为当痛苦超过人的最大耐力，就是金刚之躯，也会煎熬不住的。怎么样？你选择哪一种死法？"

"布洛菲，你要明白，不管是伦敦，抑或是东京，今晚我在什么地方，很多人都知道得清清楚楚！"邦德有恃无恐地说，"不管你之前犯了多么大的罪，你可以运用大量的金钱，聘请五六名律师出面为你活动，你可能只会受到一点儿轻微的处分。但是，假如你把我杀害了，情况的发展就不会这么单纯了，你必须用你的生命为你今晚的罪行赎罪！"

"邦德中校，这些话都是陈词老调了，衙门中的那一套我也不是外行。你想，我居住在这里，合理合情合法，如果谁来拘捕我，可以光明正大地来，何必鬼鬼祟祟？据我的情报调查，美国中央情报局把我列为热门人物，正动员警备，准备逮捕我。假如知道我在这里，他们一定会同日本警方人员前来行动，我落网后，美国中央情报局、日本安全局，也不过马马虎虎研究一下，或许表演一下法律程序就把我处决了。可是在警察行动开始之前，无论如何也轮不到你们英国来打头阵啊！"

"布洛菲！这如何能称为警察行动呢？我在英国的时候，已经有关于这方面的情报了，经过我的细密研究，再加上与你过去的统计资料、犯罪手段、技巧有许多相吻合的地方，我的直觉告诉我，你一定就在这里，但我必须亲自作实地考察。于是，我才接手这项任务，来到这里。到了东京，日本安全调查局田中老虎局长，也提供给我不少资料，我的信心就更加坚定了。在英国、日本两国政府的配合下，他们都非常重视我的行动，并且有行动记录。如果我不能安全返回情报局，你将会受到严厉的法律制裁，你就是逃到天涯海角，我们也会把你缉捕归案！"

"中校！你这几句老掉牙的话也许有点儿道理，可是你必须注意一个关键点，那就是法律，我需要法律来保障我的犯罪，换句话说，也就是我会不留丝毫线索。无凭无据，法律对我的犯罪行为也无可奈何，我不就等于受到法律的保障了吗？同样的道理，今晚阁下光临，在你离开这个尘世的时候，我们会把这儿的一切痕迹全部消灭，连一粒沙子都不留，我对你的失踪不闻不问，一点儿法律责任也没有。不要说英日两国政府，就是全球各国政府总动员，对我布洛菲也不能有任何侵犯，这就是人类有法律的好处。中校，这个道理，你应该很懂，对吗？我有一个部下，他提供情报资料说，日本特务头子，也就是日本安全调查局绰号为老虎的局长，会派遣一个身材高大、穿着和服的外国人在附近活动，现在以你的实际行动和这个情报资料对照，那个外国人就是中校阁下，对吗？"

"你那个部下在哪里？我想找他谈谈！"邦德十分轻松地说。

"他不在！"

"真的不在吗？"

"邦德，请你明白，现在是我在询问你，不是你盘问我，懂吗？"布洛菲恼怒地说。

"这真是遗憾！"邦德的语气反而幽默起来。

"别遗憾，我可以告诉你，我早就对这个田中特务头子调查得十分清楚，他是一个为达到目的不择手段的人。虽然你想回避我的问题，不过，我可以向你提供一件事实，作为我解释的脚注。这个田中局长，不久以前，曾派了一位高级特工前来实地调查，这位高级部下不仅没有完成使命，而且没有任何迹象地消失了，田中为了此事做了一个因公殉职的结论，然后就无可奈何地结案了。至于你，中校阁下，根据我的研究判断，你是来日本公干的，有事求助于田中老虎。这位现实的局长，就向你提出交换的条件，让你来把我干掉，以消除田中，不，应该说是消除日本政府当前进退维谷的窘迫局面。中校，对吗？"

"你所说的，有一部分是对的，而大部分则完全错误！"邦德利用心理战术胡说了一通。

"我们暂不谈谁对谁错，我再提出我的一些看法。你用什么方法查知我是布洛菲的，我们也可以暂时不提，实际上这并不是问题的关键。关键在于你，自愿干这个暗杀的工作。我可以肯定地说，对我的真实身份，以及我们之间的仇恨，你都故意保密。当然田中不会知道中间的曲折，我之所以这么说还有一个理由，就是你如果把我的身份公布于众后，国际刑警组织就有法律依据促使日本政府来逮捕我，那时候你会觉得失去一个亲手血刃仇敌的机会。邦德中校，你认为我说的对吗？"

布洛菲喝了一口热咖啡，放下杯子接着又说："我一向自信对事物的研究和判断，八九不离十，中校，你有什么话来辩护吗，尽管提出来。但我有一个要求，别谈题外的话，并用谎言耽误时间，这是你今生最后的机会了，你说是吗？"

邦德仍然谈笑自如，故作轻松地从桌子上罐子里又取出一支香烟，吸了一口。浓浓的烟雾，伴着他那清淡如风的话语，飘向布洛菲："我想对你说句真心话，我如果有什么不幸，你不会活过圣诞节的！"邦德又指指布洛菲身后的那个女魔头说，"她是一名从犯，也难逃法网，必会受到严厉制裁。"

"中校，你这样说，不过想起到恐吓的作用。既然你没有其他答辩的话语，我现在就宣判你的死刑，本来想命令我的一个部下慢慢地折磨你，现在我决定亲手送你去找上帝，然后处理掉你的尸体。这个决定对你来说，的确是个大不幸。因为你是我的盲肠，我必须早点儿动手切除，也好除掉晦气，以后安安静静地过日子。懂吗？"

"布洛菲，最近你确实变了很多，来到日本后，你的话尾又多了一句习惯语'懂吗''对吗'等，你的话我都懂，但都不对，尤其不懂这句日语。对不懂日语的人讲日语，你觉得这种卖弄有什么意义呢？"

　　猫在咬死被捉到的老鼠之前，当然要戏弄侮辱一番，布洛菲也是以此种心情来对待邦德的，他认为邦德一身是伤，手无寸铁，而且是自己的俘虏，自己随时可以用手中的武士刀，置他于死地，所以并没有理会邦德所说的话。他又接着说："这话是流行在日本古武士当中的一句口头禅，武士是日本的特权阶层，政权的守护者，他们在出巡或者特殊出行时，大街上的路人及贩夫走卒必须立刻回避，假若有人敢违反这个传统，就等于轻视武士，而武士本人，也会感到是个极大的侮辱。这时，有两种方式可以解决，一种是由不愿回避的人和武士决斗，一种就是做武士战刀下的羔羊，武士可以挥刀杀之，然后扬长而去。这和中国的那句'顺我者昌，逆我者亡'是一样的意思，懂吗？"布洛菲说完，又问那女魔头，"好妻子，我将这些挡路者予以杀之，会有错吗？"

　　"你说得一点儿也不错，我百分之百赞成，但是，您可要小心，他像野兽一样危险啊！"女魔头抖着一脸横肉提醒道。

　　"亲爱的妻子，在过去我同意你的说法，那时，他的确是一头凶猛危险的野兽，可是自从去年五月我把他那亲爱的太太送到天堂后，他就成了一个颓废的懦夫！"

　　"哼！"邦德仍然坐在原地吸着烟，不屑地哼了一声。

　　这时，布洛菲面露杀机，凶神恶煞般挥起武士刀，离开座位，高声地说："夫人，你看我怎么来取他的头颅！"

第二十章
恶 贯 满 盈

"你们这两个魔鬼，难道还没有觉得这种行为已经到了疯狂的境界了吗？"邦德说完，把手中的烟蒂丢在地毯上，任凭它去燃烧。

"嗯？疯狂？历史上伟大的任务，都是由疯子和狂人完成的，腓特烈大帝是疯子，尼采是疯子，凡·高是疯子，拿破仑、希特勒也是疯子，这些疯子在文学、艺术、军事、政治上，都支配并改写人类历史的发展方向！本来伟大和疯狂的界限就是很难区分的。再说，世界上如果没有疯狂的人物，那么历史可能是一片空白。相反，像你——中校，你冷静地思考一下，你到底算何种人物？算起来，也只是一个情报分子，流氓打手，为那些官僚政客和无能之辈流血卖命，即使你装满一脑子责任、使命、国家的理念，但是你对这些观念和意识的本质却毫无认识，因为那些都是骗人的幌子，蛊惑人心的利禄幻影。而你，却为了这些撩人的幌子和利禄的幻影甘愿做权势的鹰犬！所以你很空虚，每当任务结束，你就可以领到一点点少得可怜的奖金，不，应该说是那些无能之辈施舍给你的一点儿小恩小惠，如主人扔给狗一根骨头。而你就用这可怜的收获去买酒精、尼古丁和女人来麻醉自己的灵魂，以期待主人的再次派遣。"布洛菲大放厥词之后，看看邦德又接着说，"你奉主人之命，两次前来和我过不去，不过总算你运气不坏，每次都能完成任务，把我的心血毁于一旦。即便我那两次惨遭失败，你的主人也不放过我，还要联合其他国家和政府，展开一系列的缉捕行动，非要置我于死地！但是你们是否想过，或用客观冷静的头脑和科学缜密的态度来分析和研究过我超人的思维和超时代的惊人计划？"

这时的邦德一直在观察着眼前这个魔头的一举一动——大敌当前，怎敢有半点儿马虎呢？至于布洛菲发表的谬论，他实在没有心思去听它！

只见身长六尺、威猛强悍的布洛菲现在两腿分开，站成八字形，把武士刀戳在双腿中间，双手相叠在一起握住刀柄，从手背上可以看到筋脉高涨的血管，如一条条蜿蜒的山脉，也显现出他那旺盛的精力。邦德想："我不能否认这个魔头的确有种超乎寻常的力量，诸如他那健壮如兽的体形，狂傲的气质，以及那双贼光闪闪而具有威慑力的眼睛。他那像猿人般凸出的眉骨，烘托着白皙的皮肤和斑白的双眉，也给人一种专横的印象！还有他那寡情的薄唇和鹰钩鼻子，也带给人一种残酷、狡黠、诡辩与阴险的感觉。而他居然自以为是超人，可以和尼采、凡高等人相提并论，简直是痴人呓语！

"嗯！对，宽大而具有原始意味的和服，真是一种天才的服装设计。这给生来矮小的日本人穿起来，的确有一种藏拙之效，会给人一种彪悍的幻觉。可是穿在布洛菲的身上就更显得他威武强大，宛如一座山丘，尤其是那条金龙，神气活现，把这个魔头装点的有一种幽灵般的邪气。"邦德紧紧地盯着这个敌人的每一个细节，推敲思量，作为战斗时的参考。

"是呀！他为何要这样喋喋不休而不干脆挥刀呢？这个魔头一定是把我当成网中鱼，俎上肉，何况他还有战刀，而我赤手空拳，上天无路，入地无门。即便逃出去，他的那些爪牙遍布四周，我也会寡不敌众，所以他可以随性而至，大放厥词，何况这个魔头也许会想，在杀人之前，把话说个明白，才够君子风范，把事情说清楚，才是英雄气概。到那时再让我心甘情愿地承认失败。同样的逻辑，他也会认为杀人是堂堂正正的义举，何况是对一个即将俯首就斩的俘虏，讲一些人生哲理，也是一大人生乐事！是嘛，谁又会放弃这样一个向敌人进行说教的机会呢？"

布洛菲自顾自地说了一阵子，看着邦德，发现他的确是在默默注视着自己，颇似顺服的样子，于是侃侃而谈道：

"邦德，在杀你之前，让我们把过去的仇恨算个清楚。首先，我的一个上乘的计划被你们英国政府所谓的'雷电'行动破坏了。我费尽心思，从西方政府中盗出两枚原子弹，我并没有用它们来制造恐怖事件，仅仅只是虔诚地请求西方政府补贴我一点儿，作为我辛苦劳作的报酬，叫奖金也好，车马费也好，只要满足我的要求，我就会把这两枚原子弹交还给西方政府。我那小小的请求，对富有的西方政府来说，不过是沧海一粟而已。如果连这个小小的要求也不能被满足，我愿意将这两枚核弹无条件地赠予贫穷而极需要原子弹的古巴卡斯特罗政府，至于他们得到这份珍贵的礼物后将会如何处置，那就是卡斯特罗自己的事情了，也许会在不利于西方政府的情况下予以引爆。假如是这样，人类将会因西方政府的吝啬而惨遭浩劫！无论如何，这件事情对我个人来说，仅是想利用国际上的矛盾，获得一丝蝇头小利而已。这一点儿也不算过分的要求，对西方政府来说不算什么，而对全人类则是难以估价的福利。我之所以要这样做，不过是对西方政府的一次警告，他们要想免除以后类似事情的发生，只有召开裁军会议，消除这种武器并且停止制造。当然，这种办法对我虽然不利，但是为西方政府和全人类的利益着想，我愿意牺牲一点儿自我利益。我既不是自私，对西方政府也无害，更是全人类的福祉。对政治而言，是维护世界和平的一大贡献，你想，这么伟大的事情，难道不能成为我的功勋吗……？

邦德一直凝视着他，并没有发表任何意见。

"另一件事是我进行的细菌战，不幸被英国政府所误解，认为这对大英帝国不利，实际上这是一种歧视。如果我们冷静地运用辩证逻辑去分析，就会发现虽然在现象上产生了不利于自己的情况，但是如果透过现象去观察本质，就会看到未必是本质上所产生的不利。因此，我们不管用什么准则来衡量，都不可否认一个事实，贵国是一个充满病态的国家，我们应该以向死求生的精神，干脆用大量细菌来增加这种病态的深度，使这只日不落的雄狮，猛然觉醒，消除自私、自大、傲慢、荒淫和空虚的病态，迅速建立社会福利制度，促进英国国民的健康与和平，这能说对大英帝国没有益处吗？"

布洛菲说完，看着邦德仍然在全神贯注地倾听，于是，又兴冲冲地说："刚才我所说的那两件事已经成了过眼云烟，多说也没什么意义！现在我想再谈谈这儿的问题。"

邦德慢条斯理地敷衍了一声。

"中校，可以坦白地说，我的心脏已经有老化的迹象，过了中年的人，生理上各部分器官的功能都会退化，虽然我已尽力挽回这种衰退，可事实上，还是力不从心。正因为这样，我感到自己已至暮年，对我这个天才而言，这是一件不幸的事，尤其在这茫茫人海中，知音太少，不仅得不到人们的尊重，反而还会引起误解、非议和歧视。正因为这样我才心灰意冷，对人类、对人生也失去了兴趣，尤其厌恶世俗的庸人自扰，这很像一位贪口福的食客，吃腻了一切美味佳肴，必须时时更换奇珍异宝，这正是我现在的状态。在生理和心理上，必须时时更换新奇诡异的事物，才能刺激衰退的心脏，挽回麻痹的情感。正是因为这样，我才建立这个空前绝后的死亡乐园，好做一些对人类有益的事情，这个地方是解脱人生痛苦的唯一处所。你看，这里有多种奇异的设备，还有亲切的服务。这些良好的客观条件，可使人间的痛苦减少到最低限度，这不仅对社会是一项贡献，而且也可以算是整个日本唯一由私人投资兴建的公墓！这样，日本政府可以省去从铁轨、公路、旅馆、海滨、湖畔和山谷等地方处理自杀案件，埋葬、解验尸体的麻烦，既让国际观瞻，又可节省公共开支，岂不是一举多得的好事！可是日本政府却把我这项慈善事业加以诬蔑，判定是一种罪行，这是多么荒唐而幼稚的事啊！"

"但是昨天我亲眼看见你们把一个不愿死的农夫，活生生地丢进湖里喂了食人鱼，这样不算是谋杀吗？还说不是一种罪行？"邦德终于忍不住开口了。

"邦德中校，请不要误会，那是园丁清理工作的一种，这个农夫原先的出发点是来求死的，也许他事与心违。园丁有为人服务的义务，帮忙照顾这位农夫，达成他的心愿，这是义不容辞的事情。从这件小事上来看，就可以发觉你的智慧很低，没有办法进入到我的思想境地，真是孺子不可教也！在临死之前，你也只能用一支香烟来满足一下自己的欲求，再高级一点儿的行为，你就只能望尘莫及了。这就像一个大学教授对幼儿园儿童谈哲学，简直是对牛弹琴。在这种情况下多谈也没有益处，再说，我的休息时间早到了，现在，我问你最后一句，你想怎么个死法？是打算以大丈夫引头就戈的气概从容一死呢，还是学低级动物，在垂死之前作一番无谓的挣扎？如果选择后者，那仅是使你的肉体多吃几刀而已！邦德中校，快点儿选择吧！"

布洛菲说完，向邦德迫近两步，双手高举战刀，一派日本浪人的架势，也许他又自以为是"武士"了,灯光反射在锐不可当的战刀上，寒光颤颤，杀气腾腾。

邦德成竹在胸，他早已发现被他踢伤的山本遗留在黑暗角落里的一根棍子，而在那女魔头旁边的桌上，却有一只叫人铃的拉环。邦德早已想到，必须先解决那个女魔头，以免引来更多的麻烦。于是，邦德突然向左一个箭步，以快如闪电流星般的身手，抓起墙角的长棍，再一个鱼跃，已转落至女魔头身边。正当女魔头伸手要按铃的刹那，手还未触到拉环，邦德的长棍就以迅雷不及掩耳之势，打到她的左耳根上。她还没来得及呼喊，就已经无声地倒在地上，如同僵尸一般。

布洛菲突然看见邦德由座椅上猛地跃起，他就以万钧之力，挥刀向邦德砍去。刀锋从邦德背部上方扫过，唰的一声砍进那椅座，由于布洛菲用力过猛，刀入木椅达二寸之深，一时拔刀不出，才给邦德一个挥棒击倒女魔头的良机。

布洛菲用尽全力才把战刀从木椅上拔出来，正欲转身援救妻子，可是已经迟了两三秒。布洛菲看到这种情况，勃然大怒，挥刀猛砍，刀由邦德右肩部如超音速的飞弹唰的一声掠过，非常凶险，幸亏邦德躲闪及时，不然早已丧命黄泉。

邦德一个转身，抡起长棍，以一个撞球姿势，用棍尖向布洛菲刺去，势疾力猛，宛如一只手榴弹，刺到那魔头胸口上绣的那只金龙的眼睛上，一阵透彻心肺的疼痛传遍全身，同时由于受到棍头又快又狠的突击，魔头的身体不由自主地退到了墙边。

这个魔头疼痛难耐，利用墙的反作用力，加上自身的潜在力量，举刀挺身，如一头猛虎向邦德扑刺过来，刀如雷达左右砍杀，邦德犹如蚊式飞机，在房中前后飞跃，身体从地面上蹿起，躲过了布洛菲这阵强烈的攻势。

邦德知道那把武士刀的确削铁如泥，必须运用自己的智慧保住这根木棍，否则宛如肉钢相击，必败无疑。若这唯一的武器被砍断，也就是丧身刀下之时。他边战边想，如游龙一般，在布洛菲锐不可当的刀锋下疾速躲避，乘虚而攻。

布洛菲接连三招攻势相继被邦德灵敏机智地闪过，他心中的恨意如火遇油一般熊熊燃烧。他那只弯曲着的右腿，猛然腾空而起，扬刀而刺，邦德紧急向左躲避，仅仅迟了半秒，就听见嘶的一声，刀锋从邦德左肋上划过，鲜血从伤口涌出。邦德知道情况紧急，怎敢旁顾，趁这魔头尚未收势，举棍向布洛菲左方挥进，一招击中那魔头的左腿。布洛菲感到左腿一麻，踉跄数步，差点儿跌倒，邦德的第二棍紧跟其上，布洛菲急速躲避，空棍在地毯上掀起一阵强风，魔头身落刀起，再次向邦德逼近，但这刀又落空，反而在地毯上砍出一条长长的口子，一阵恼怒之后，老魔头使出浑身解数，斜砍直剁，上刺下掠，花样百出，刀锋千变，忙得邦德上蹿下跳，血汗直流，毫无还手之力。

布洛菲看到自己赢得主动，攻势更加凶狠，节节紧逼，处处争先。邦德以哀兵死战的心理，拼命迎战，沉着防守，步步为营，处处谨慎。他看准一个机会，精神大振，转身出棍，一棍击中布洛菲右肩膀。趁魔头疼痛之际，连环棍势如疾风骤落，布洛菲被打得全身酸痛难耐。这时他忍住痛楚，改变刀法，向邦德的棍棒横杀，同时骂声不绝，以分散邦德的注意力，猛地一刀砍下去，只听咯嘣一声，棍子被削去一尺多长，于是布洛菲的攻势更猛，锐气逼人。

这次攻势以邦德致命处为目标，向腹胸等处犀利攻杀，砍砍剁剁，毫不放松。邦德躲躲藏藏，决不马虎！两人一攻一防，把这间书房弄得尘土飞扬，桌椅翻倒。邦德利用这些障碍作为攻防的据点。他想："如果再被砍断一节，那相继而至的就是死亡。"处于被动情况下的邦德，心中不免有点儿忐忑。再度奋起激战不久，邦德因肋处的创伤，流血不止，体力衰退，虚汗也相继而出，手湿棍滑。邦德唯恐失手，于是决定速战速决，不再拖延，不然真会以自己的生命来祭奠这把战刀了。

布洛菲也有同感，他觉得这场战斗应该早点儿结束。目前邦德已经露出疲软之态，而且身体已经退到离墙边不远的地方，实在不能再退了。可是布洛菲的战刀已经向他的心窝逼来，说时迟，那时快，邦德闪电般地快速移动，用尽全力，双足在地板上一踏，借势飞蹿出五尺开外，由这一招可以看出邦德不愧是国际名间谍，确实有随机应变的高素质，若迟半秒，肚中的心脏肠胃恐怕早被战刀挑出通气了。飞蹿出危险圈外的邦德转身看见布洛菲的战刀已经刺进护壁板中数寸，正用力向外拉拔，这魔头刚才用力之猛，用心之狠，现在看起来，真是令人不寒而栗啊！

机智的邦德哪里会放过这千载良机，飞起一棒，向布洛菲背后狠狠捅去，不巧这时布洛菲已经把战刀拔出，仅仅右背被棒棍击中。布洛菲痛呼一声，音未落而身已转过，这时邦德奋不顾身，猛地扑向魔头，双手掐住布洛菲的喉咙，布洛菲因左肩右背先后两次受击，身体右半边已经麻木，被压得无法直立，左肩背虽然能活动，但已受制。布洛菲的喉管被掐，自觉十分危险，用尽全力挣扎，左手不停地用武士刀刀柄向邦德的心窝和腰部撞击。虽然一阵难以忍受的疼痛传遍全身，但在这千钧一发之际，邦德哪里还能再分心，只有强忍疼痛。同时邦德将力量集中到十指上，这十指，就如十只刀锥，狠狠掐住那魔头的喉管，上面两个大拇指用力往下按，渐渐地，布洛菲的力量弱下来，身体已经卧在地毯上，双腿和腰部虽然拼命地甩动，可邦德的十指如十条钢索，牢牢绑紧布洛菲的脖子，愈收愈紧。布洛菲神智已经昏乱，手脚一阵乱抓乱踢后，只听"砰"的一声，布洛菲把战刀丢到地毯上，忽然伸出左手，向邦德的双眼抓来。这个意外的突击，使邦德大吃一惊，他把头歪向右边，瞄准那只魔手蓦然间张口猛力咬住，牙齿深深戳进布洛菲的左手，鲜血从口中流出，一股血腥味传入喉中，使邦德有点儿想呕吐的感觉，当他想到自己的爱妻，这股呕吐的感觉立即化作一股仇恨的助燃剂。邦德吐出那只血腥的魔手，愤恨地说："去死吧！布洛菲！你的死期已经到了！"

这时布洛菲果然停止了挣扎，舌头从口中伸出，双目由眼眶中暴涨出来，强壮的身躯已经瘫痪在地板上，可是邦德并没有松手的念头，仍然紧紧掐住布洛菲那粗壮的脖子不放，口中喃喃道："我亲爱的妻子，我已经为你报了仇，你的灵魂终于可以安息了！"

渐渐地，邦德从复仇中清醒过来！

他凝视着这条金龙，又凝视着与自己有着深仇大恨的布洛菲，把自己僵硬的双手从布洛菲那罪恶的躯体上拿下来。他望着布洛菲那变成猪肝色的嘴脸，发出一种复仇后快意的笑声。他想站起来，可是腰酸背痛，头痛如绞，他勉强站起来，自言自语道："我的天，站都站不住了，下一步棋可该如何落子呢？"

邦德思索一阵，心中仍打不定主意，满是血汗的脸上露出一丝苦笑，低声说道："我原先想到一个妙计，怎么现在想不起来了呢？不行，一定要想起来！"他低头沉思许久，忽然脸上浮出轻快的笑容，小声地说道："嗯！对！就这样吧！"

当邦德弯腰捡起地上那把寒光闪闪的武士刀时，突然发现自己竟是赤身裸体，连仅有的一条短裤，也在刚才的厮杀中不翼而飞了。不管怎样，反正不能学祖先亚当，何况现在一切已经恢复平静，体温下降，也感到有点儿寒意了。看到那件绣着金龙的和服就在脚边，邦德一咬牙，把那套和服从布洛菲的尸体上拉了下来，穿在自己身上。衣服冰凉，宛如披上一张蛇皮，一股阴森的寒气如寒冰一般向他周身袭来，浑身都是胆量的邦德，这时对穿死人的衣服，也会有一些阴幽幽的冥幻之感。他硬着头皮，把腰带绑好，忽然看见不远处还躺着一个没有断气、昏迷未醒的女魔头，他本想挥刀杀死她，以绝后患，继而又一想："得饶人处且饶人，一个女流之辈，已经死了丈夫，今后也不会有什么作为了，杀这个女人没什么意思，放过她，办正经事要紧！"

邦德想起由"侦讯室"那座石穴出来，这壁架可以移动，变成一扇暗门，"现在只有从这条路逃出去，才不会被人发觉。"想到这里，他走到壁架边去摸索，发现有一条特殊的木板，他伸手进行了各种尝试，果然那壁上奇迹般地出现了一道石门，门外就是一条幽暗的石阶通道。

这时邦德手持武士刀，向通道匆匆走去，幽暗的灯光下，乍看起来，真像布洛菲那魔头！

他匆匆来到"侦讯室"，墙上的时钟指针已指到十一点五十五分，子夜的脚步，已悄然迈向人间。此时身处这空荡荡的石穴之中，一阵阵感触，不时涌上邦德的心头！

"四十分钟前还是一个受人宰割的羔羊，坐在那只石椅上饱受煎熬，现在，自己已经换回了自由，从死神的手中夺回了生命。虽然这仅仅过了三四十分钟，可是就像熬过了无数岁月。唉！人生真是变幻莫测啊！呀！我不能再站在火山口上抒发感慨了！"

邦德哪敢再拖延时间，大踏步地走到石椅边的木盖前，用武士刀劈开木箱盖，果然不出所料，箱中是一支很大的铁轮，上面有着标明的度数和指针。邦德立即弯下腰来，用力操纵那支巨轮，把指针渐渐转向最大的数字上，这时他忽然想道："我的天，这下将会发生什么呢？会不会引发世界末日呢？管他呢！三十六计走为上策！
现在还迟疑什么呢？”

于是他站起身走向铁门，此时墙上的指针正指向十一点五十九分。

"距离下次火山爆发的时间，还有七分钟，快走！再迟可能就会
葬身火海了！"邦德边走边想，"时间已经很紧迫了，千万不能和那
几十个黑龙会的打手相遇，否则很难脱身，必将会与他们同归于尽。"

"从前门走，必会和他们遭遇，那么，窗口是不是一条逃生的路
呢？看地形，这古堡必然有备战的阳台，由阳台上绕到后门，这的
确是一条可行之路！"

邦德匆匆走出石穴，再度回到书房，用武士刀撬开窗子，发现
外边果然是阳台。他喜出望外，急忙爬出窗口。一阵凉风吹过，他
打了个寒战，精神也为之一振。

可是麻烦却来了。这是一个独立的眺望台，什么地方都通不到，
向下张望，离地最少也有十余丈高，没有什么东西可以攀缘下去，
这真是一件焦心的难题。

这时邦德听到一阵风吹电线的声音，是从头上传来的，他定神
观望，发现就是那个做广告和警告用的大气球，上面云梯形的绳索
和马蹄铁所制的大字，正被风吹得呼呼作响。

大气球绳索的最下端，就绑在这阳台上的一根大柱子上，邦德
用手拉了拉那粗笨的绳子，发觉那只气球向上拉的拉力扯得很紧，
可见力量十足。

"哈哈，好极了，真是山重水复疑无路，柳暗花明又一村啊！这
下有救了！"

邦德估计，那只大气球所产生的拉力，足够把这又粗又牢，约有五丈多长，奇重无比的绳索绷得这么紧。这样强大的拉力，再负担一个人的体重，在原则上是不会有问题的。

正在这时，楼下忽然有喧闹的人声，这声音越来越大，形势急转直下，十分可怕。

"会不会是那女魔头醒了，叫人来捉我的？唉！'妇人之仁'可不是办事准则，后悔当初没一刀杀死她。"

下面人声鼎沸，现在距离火山爆发仅有三分钟了，这座古堡被围得水泄不通。忽然楼上也远远地传来人的呼喊声。邦德不再迟疑，急忙用力抓紧那排云梯似的绳索，爬了大约两尺高，楼上的嘈杂声更清晰了。这时邦德把心一横，挥起战刀，唰的一声，把绑在阳台上牵着气球的绳子割断，把刀插回腰间。这时气球就像一匹脱缰的野马，径直向天空中飞去，当这只气球飞过古堡最高层的屋檐时，邦德没有注意，砰的一声，他的头部重重地撞在了屋檐上，正巧撞到他原先的伤口，一阵锥心的疼痛，几乎使他昏厥过去，所幸的是邦德先天具有一种恒毅的耐性与求生的强烈欲望，他在即将坠落的那一瞬间，本能地抓住了绳索，再度从死亡的边缘挽救了自己的生命。

呼呼的寒风使一度昏厥的邦德渐渐恢复神志，他用一只手扯紧绳索，另一只手按住自己的伤口，自我安慰道："大仇已报，自己如果再被摔死，那就太冤枉了，芳子还在下边等我回去，今晚该是她依约前来接我的日子。我要顽强地活下去啊！"

想到这里，他不觉地张目眺望，下面是被月光照得惨白的死亡乐园。气球这时正飞在阴气重重的"鬼湖"上空，地面上传来一阵阵枪声。

现在的高度，已不是手枪的有效射程了！

邦德毫无顾忌地由起初的站姿改为坐姿，双腿伸到云梯外边，臀部坐在刚才用脚踩踏过的横绳上，用两臂紧紧抱住两根垂下的绳子。这样就舒服多了，而且更省体力，并且还可以用双手按住创伤，减少痛苦。

"轰隆！"

"轰隆！"

地面上传来阵阵震天的爆炸声，邦德连忙回头望去，只见那座死亡乐园已经变成一片火海，银色的火柱由地面冲向天空，混着硫酸味的水蒸气，急速地向四周的空中弥散。那座古堡已被粗大的擎天巨柱由地面抛向高空，震裂成粉末，伴着打手们的残肢白骨滚落到岩浆所形成的火海中，或是落在湖中成为食人鱼的最后晚餐。

"轰隆！"

又是一声惊天动地的巨响，火山下的地层开始断裂，这两百英亩神秘的死亡鬼城已被滚滚的火浆变成盆地，而这盆地又被橘红色的岩浆所吞没。无论招魂树，还是食人鱼，都被这雄伟的大自然的力量所吞噬。

火山大爆发所形成的灼热的气体，变为一股很强的气流，增加了气球飘移的速度。气球渐渐上升，地面上的那片火海已经缩小，成了一团红色的小点，在地面上若隐若现。邦德回过头来，见下面已是浩瀚而苍茫的大海。现在他已经脱险，紧张的精神，不知不觉地已经松懈下来。当一个人的神经不再紧绷时，肉体上的痛楚就接踔而来。邦德感到头痛如绞，肋伤发作，他情不自禁地发出一阵阵呻吟声。

"不能再让气球飞了，这是大海的内湾，必须降落。如果飘到公海或大洋才降落，以现在的身体状况，后果是不堪设想的。快！快！设法使气球停止飙升吧！"

邦德知道，如果停飞，必须设法使气球中的氢气排出。现在距离气球还有两丈多高，只有冒险向上爬，除此之外，还能有什么更好的方法吗？

于是邦德挣扎着站起来，用脚蹬着绳索，一步一格地勉强向上爬升，头部的创伤，肋处的刀伤，都不约而同地考验着邦德的毅力，一阵阵的剧痛，使虚汗如豆一般向体外流出。双眼直冒金星，像是有萤火虫在空中飞来飞去。两天来只吃过一点儿牛肉干，又经过那么多的打击折磨，头破血流，现在的邦德，实在是筋疲力尽、身心交瘁了。

"求生"是人的天性，人体中许多潜在的力量，会在求生时爆发出来，邦德虽然已经力不从心，但他的意志，仍命令着疲惫不堪的身体向上爬。他紧咬牙关，双眼鼓得怕人，这时只要有一丝外在的震动，邦德必会跌入大海之中。

爬上一格，仍有一格，邦德向上望望，气球离自己仍有一段距离，这时他感到全身每一个关节好像正在脱落，每爬一格就听到一阵"咯咯"声——骨骼的摩擦声。汗水如关不住的水龙头，湿透了那件黑色的金龙和服，头发、眉毛都无力阻止它的渗透，眼睛已经被汗水刺激得无法睁开，但是他仍然一格又一格地向上爬。

终于，他爬到距离气球还有两格的地方。他用袖子擦擦脸上的汗水，喘了口气，这才抽出腰间的那把武士刀，猛地向气球刺去，随即传出一串嗞嗞的漏气声，氢气从气球中漏出，浮力减弱，气球已经开始慢慢下降了。邦德低头俯瞰大海，海天辽阔的幻影，使他的神思萦绕在蓝色的境界中，月光给海面洒下千匹璀璨夺目的锦缎，星星从海浪中传来祝福，祝福声变成千万颗钻石，在起伏的缎面上跳跃着，低柔地说："疲惫的人儿，快下来吧，躺在我的怀中，你会感觉到无比的安详舒适，你太需要休息了！"

突然，气球急速降落，邦德再也无法支撑了，他望着诱人的大海，掷下邪恶的战刀，放松四肢，一个花式跳水，他的身体在夜空里缓缓下降，他觉得一切都那么虚无缥缈，他觉得自己已经化作神仙，跌入天鹅绒般柔软的床上，步入蓝色的境界，陶醉在诗一般平和的梦境中，望着晶莹透彻的世界，忘却了尘世的一切苦难，原来大海竟是这么舒适！

第二十一章
伦 敦 讣 告

伦敦泰晤士报纸上刊登了一则读者来信，来信人署名 M，他的原文是这样写的：

贵报读者已经从新闻报道中洞悉，皇家海军中校邦德已经于某次任务中在日本失踪，并确信已遭不幸；本人以痛悼之心，兹特予证实其确实已经壮烈殉职，本人乃为邦德之长官，对其在国家之勋绩，愿借贵报一角略表邦德生平，为读者所乐闻。

邦德，苏格兰人，父亲是商人，母亲是瑞士名媛。邦德童年就随父母在国外生活，熟悉法语、德语。不幸的是，他十一岁的时候就成了孤儿，由其姑母接回英格兰的恩德加。他的姑母品学兼修，擅长拳击柔道。一九四一年，邦德虚报年龄进入国防部某机构工作。初任中尉，工作积极负责，深获上级器重。"二战"结束，邦德荣升中校，从那时起，他就调到我所负责的部门任主管一职。其后被派往日本执行任务，不料此去不再复返。

其所主管的部门，由于保密的缘故不能公之于众，但邦德对事业忠诚、智慧勇敢、认真负责、临危受命，且能为国家保守秘密，具有临危镇定的修养，并屡屡化险为夷，从而为组织克敌制胜抢占先机，这些都是邦德勠力行动的结果。

邦德中校所建功勋，保障了国家的安全，维护了国际和平，他是我们欧洲大陆的烈士。各项报道使邦德所具有的英雄气概得到了赞许，成为世人崇拜的偶像。因此，就有人自称是邦德的故友，以邦德为主角，编造故事。其出发点不过是牟取暴利。当今社会对此类书籍只能作为传奇小说来看待，不可完全相信！

邦德中校此次赴日本的最后一次任务，非常重大。不料竟会以身殉职！尤令世人感慨的是，邦德圆满完成最后的任务之后才壮烈牺牲，关于这一点已经得到东京相关部门的来电证实。我在这里宣布此事，以告慰大家。邦德中校孤胆深入虎穴歼灭敌人，用生命捍卫了国家安全，邦德的在天之灵，可以安息了！

邦德中校于一九六二年结婚，夫人是法国人，婚礼当天不幸遭匪徒袭击身亡，没有子女。政府已经发布公告，通报其功绩，并追任为上校。邦德的生平事迹也会由相关部门仪宣，以示国家和女皇陛下的缅怀之意。

邦德名言：生命有限，时间可贵；一日一时，需珍惜用之！

谨以斯言，与国人共勉。

第二十二章
雀 泪 无 怨

　　火山爆发的当夜，芳子依约潜泳到约定地点，隐伏以待郎归。约在子夜零时，忽见一庞大无比的黑蝙蝠般的人形从天而降，旋即落入海中。芳子救人心切，不顾海浪，前去救人。当她到了跟前，才发现这个空中飞人竟是自己的心上人，真是惊喜交集。但是邦德落入海里时，已被汹涌的巨浪击晕了。这是头部第四次受伤了，他生命的火花几乎被这一巨浪扑灭，所幸芳子及时赶到，设法将他从无情的大海中救了出来。

　　为了减少阻力，芳子把他那宽大的和服撕开脱去。邦德曾一度醒来，把芳子当作了布洛菲，欲加反抗，正要举起手，就被芳子拉住了。

　　"亲爱的，我是你的芳子呀！"芳子急切地解释着，"邦德，你怎么连我也不认识了？"

　　邦德的脑海，一片空白，他只记得那张丑恶的嘴脸，同时，他只知道要把那张丑恶的嘴脸撕毁。可是，他实在太虚弱了，连再次举起拳头的力气也没有了，只得任由芳子摆布。他仅仅听到一个熟悉的女人的声音，可是他不知道她在说些什么。

　　"邦德，我的亲人，现在我就带你回家，如果你游累了，我可以帮你。这种海中救人的方法，我们不是都很熟悉吗？"

可是芳子游了很久，却发现邦德还在原来的位置上，仅是在原地用手脚机械地拍打着海水。

芳子看到这种现象，知道心上人受伤过重，无能为力了。于是她含着泪水马上转身，游回邦德身边，凄切地问："亲爱的，那些坏蛋们到底怎么欺负你了？告诉我，告诉我嘛！"

可是邦德仍然默不作声。她知道，再问也无用，就决心把他拖回去。可是半海里的游程，对一个东方女子来说，毫无疑问是个挑战。

芳子的双臂绕过邦德的背部，把他的头放在双峰之间，就这样，她搂着他做鸳鸯式的仰泳。她用天上的明星作为指引，一尺一尺艰难地往回游，游了一尺往往会被逆浪推回一丈，但爱的力量给了她极大的鼓舞。

这是人与大自然之间的一场生死搏斗。芳子最终胜利了，她带着邦德平安地回到了黑岛。她用尽平生的力量将邦德从海水里拖出来，把他放在一块平坦的石头上。然后自己也疲惫不堪地躺在邦德身旁睡着了。

她在邦德的呻吟声中醒来，惊奇地发现他双手抱着头，坐在石头上,好像剧烈的头疼已经使他不堪忍受了。他双眼痴痴地望着远方，肌肉不断地抽搐着，全身也不停地颤抖着。

"噢，是我不好，太乏力了，我撑不住睡着了，让你着凉了。"

"我怎么到这里的？你是谁？"邦德凝视芳子良久,痴痴地说,"你很美！"

"难道你连自己是谁，怎么到这里，都不知道了吗？可怜的人，告诉我吧！"芳子含泪试探着。

邦德用手轻轻拍拍自己的脑袋，苦思半天，摇着头说："我什么都记不起来了，现在我只记得一件事，那就是我要撕毁那张可怕而丑陋的面孔！""那个坏人是谁？""那个坏人已经死了，你是谁？你把知道的情况都告诉我好吗？""我是铃木芳子，你是我的爱人。你叫邦德，但你要我叫你雷太郎，就住在这个小岛上。我们家是以捕鱼为生。亲爱的，你现在能站起来走回去吗？""这些对我是多么陌生啊，住在小岛上打鱼，我真的不记得了！"邦德说着站了起来，摇摇摆摆的。"亲爱的，我来扶你回去，给你弄点儿东西吃，再给你请个医生，你的头像是痛得很厉害，肋骨处也有刀伤，咱们快回去吧。"

芳子扶着邦德慢悠悠地向前走去。经过芳子的家门时，她竟然没有回家，领着邦德继续往前走，向山上走去。不久就到了神社后面的山洞。洞前有块平坦的草地，洞穴上装有木门、木窗，俨然一间房舍。芳子扶着邦德走了进去，说道："我俩就住在这里，你先躺好，这洞里很暖和，我回家去取棉被和你的衣服。我不会忘记给你带好吃的，亲爱的，你躺下吧！"

邦德很听话，像个乖孩子似的躺在床上，一会儿就呼呼地睡着了。

芳子高兴地飞奔下山，她觉得自己的爱人回来了，守护他是自己的天职，她要全心来爱他，因为她不能失去他！

芳子兴奋地把昨晚的经历报告给父母后，就忙着准备早餐，并且找了一些足以启发邦德记忆的东西，就兴冲冲地向山上的神社走去。

铃木夫妇将这个独生女儿视为掌上明珠，当然这件事情怎么处理也就由她去了。

芳子回到山洞，伺候邦德吃完点心，等他穿着舒适的睡衣，盖着软绵绵的被子睡着后，就去拜见神主。神主慈祥地接待了伏在地上的芳子。

"芳子，我已经知道你的请求了。从地府中来的恶鬼已经死了，那个妖女也死了。被恶鬼控制的上百亩大的地区已经被收拾得干干净净了。就像地藏菩萨以前显灵所揭示的那样，他们必定会被消灭的！那位跨海平魔的壮士，他在什么地方呢？"

"他受了重伤，已经忘记了过去的一切，现在住在神社后面的山洞里。我实在太爱他了，所以我有一个自私的想法，希望他永远都这个样儿，如此我们就可以厮守终生，永不分离。"

"你真是一个傻姑娘。他神志昏迷只是暂时的现象，一定会治好的。到那时，他就会离开小岛，离开你，回到他自己的国家。你想和他永远在一起是不可能的。"神主这样说。

"难道没有办法挽留他吗？"

"恐怕很难，上次和他一起来的两位先生是政府的官员，一位是从福冈来的，另一位是从东京来的，两个人的地位都很高。如果最近这位壮士不回去，他们一定会来调查真相的。他在他们国家的地位一定也很高，我们的政府总要给他的政府一个交代嘛！"

"神主，我求求您了，求您通告大家，就说雷太郎自从游泳渡海以后就没再回黑岛，这不是很简单吗？只要您老人家肯帮忙，这件事一定会行得通的。请您发发慈悲吧！"

"我可以帮你试试看，但是你和他结合不会后悔吗？"

"我和他在一起是对的，因为他爱我，我也爱他，但我不勉强。

如果他康复之后决意要走，我会帮他达成愿望。他和我都觉得能生活在一起才是幸福的。"

"好吧，回去把医生请到我这里来，我有话和他讲，这期间你一定要保密，等风平浪静了，也就可以放心地生活在一起了。"

"谢谢神主！我这就去请医生！"

不知那位医生和神主研究了什么，他从神社出来之后就直接来到石洞中，为邦德医治。医生细心地为邦德检查伤势，芳子跪在另一边用手握着邦德的一只手，眼里饱含泪水。

"他的头只是受了震荡，脑子并没有受伤，头骨破裂了一点儿，但还不到威胁大小脑的地步，所以只要慢慢调养很快就会恢复的。记忆力方面，你只要努力给他启示，也会在半年内恢复正常。"医生又给芳子交代了一些护理知识和医药常识，这才又说，"神主交代，从明天开始，天黑以后我才能来治病，这样就不会引起别人的注意了。"

时间就这样日复一日、平静如水地度过了。这几个星期，警察随时都来黑岛调查邦德的下落。由于岛民团结一致、守口如瓶，调查工作最终还是无望地停止了。可是，忽然有一天，田中老虎率领部下来到黑岛做实地调查，但机警的芳子还是把田中老虎打发回东京了。这时，田中老虎确信邦德确实是壮烈牺牲了。

寒冬已经降临，渔民们停止了捕鱼的日常劳作。这是他们一年中最清闲、最安逸的日子。他们在温暖的阳光下修理渔船，结捕鱼网，谈天说地。人们把为民除害的"雷太郎"看成英雄般的人物，全岛的女孩子，对芳子的幸福都投以羡慕的目光。

邦德的眼神不再呆滞，但仍然有种茫然的样子。芳子无微不至地照顾着邦德，就连黑岛对面那片高高的石岸，也不让邦德看到，唯恐这片石岸会激发他追忆往事的灵感。就连微小的刺激，芳子都小心翼翼尽可能地避免。

"芳子，这些日子，我几乎每晚都梦见许多大城市和西洋人。这些西洋人有很多和我认识，有些还很熟悉。可是梦醒后，我什么都不知道了，什么都想不起来了。亲爱的芳子，这是怎么回事啊？"

"邦德，我的丈夫，那是'日有所思，夜有所梦'，我有时也会做这样的梦！你头上的伤还没痊愈，要少思考，多休息嘛！"

这几个月的诊断显示，邦德的记忆力一点儿都没有恢复。医生修正了他的诊断意见，他认为邦德的记忆神经已经彻底被击坏了，无恢复希望了。他说："铃木小姐，雷太郎在生理上已经健康如常了，在心理上对现状也能认知如常，这是心理健康的表现。我看已经没有继续治疗的必要了。"

"既然记忆无法恢复，只好听天由命了。"芳子说，"感谢您数月来不辞辛劳地为他治疗，真是太感谢您了！"

芳子把多年来捕鱼所获得的积蓄大部分用来支付医药费。她对医生的话感到很诧异，却又不便询问，所以感到无比的苦恼。

她所烦的是性的苦闷。她每晚与邦德同床共枕，期待邦德对自己有所表示。有时她会一丝不挂地向邦德示爱，但每次都得不到什么回应，冷冰一般地熄灭了她炽热的爱情之火。她失望，她哭泣，她不知该如何改变。

她向母亲请教，母亲的回答不着边际。那陈旧的生活经验对芳子毫无帮助。这时的芳子虽然感激母亲"等待"的忠告，但她不能消极地等男人慢慢想呀！她必须在这短暂的人生中，帮助邦德和自己共同享受人生最美妙的境界。

铃木芳子决定去一次福冈，她想去碰碰运气。于是，她真的搭上了每周一班的轮船出发了。出售性药、性具和黄色书籍、照片、画册等，是近百年来日本"文化"的特色，也吸引了不少观光者在这方面花了很多钱后带着春心满意离去。

芳子终于在一条僻静的街道找到一家出售自己所需要的物品的小店。招牌上写着"快乐屋"，柜台内站着一个"一脸坏相"的老头。老头对芳子的光顾感到很惊奇，因为他的顾客基本都是男性。芳子羞答答地说明来意，那老头脸上浮现出淫邪的笑意。他向芳子要了五千日元，芳子照付之后，那老头就请芳子到屋后，表演了一次奇怪的"制乐"方法，连芳子看了也叹为观止。

原来那老头从笼子中取出一只癞蛤蟆，把它罩在一个金属网中，通上静电，那只癞蛤蟆受到电流的刺激，颤抖不已，渐渐从皮肤上渗出很多液体。那老头把液体用小汤匙一滴滴地装进瓶子里。这就是所谓的"蛤蟆汗"，据说可以补阴壮阳。老头又给了芳子一包药粉，笑嘻嘻地说："这是'壁虎粉'，把它和'蛤蟆粉'混在一起，放在你爱人的饭里。到时候百分之百见效！"老头顿了顿，看看芳子，接着说，"不过，为了使他在心理上产生主动性，我这里还有一种非常好的《枕中书》，不仅可以启发灵感，而且是很好的参考资料，每册才一千日元。这样一来，在心理上和生理上两路夹攻，可得奇效！"

"好吧！我买一本。这些东西如果没有效果，怎么办？"

"无效双倍退钱！"老头笑嘻嘻地说，把书给了芳子。

"什么是《枕中书》？我从来没听说过这种书名嘛！"

芳子在好奇心的驱使下，情不自禁地打开那本封面粗糙的小册子，看见上面的文字及图画，竟羞涩地拿着东西夺门而出。

邦德和芳子迎着晚霞从码头回到他们住的小屋。今天芳子一点儿也不感到疲惫，兴奋地给邦德做了顿丰盛的晚餐，然后洗了个澡，细心地化了妆，这才回到卧室，看见邦德正津津有味地阅读那本《枕中书》。邦德看见娇艳欲滴的芳子，眼睛发出异样的光彩，含笑地问道："芳子，这本书是谁丢在床上的？"

"噢，原来是这本书。我在福冈街上碰见一个小混混，是他硬塞到我手中的，他还约我到什么旅馆去会面，真是活见鬼！我还没看呢，是本什么书啊？"

"亲爱的芳子，快脱衣服，躺在这儿，让我们一切从头开始……"

现在的邦德才正是芳子理想中的男子，他的爱情之火已被点燃，正向芳子熊熊地烧来……

又到捉鱼的季节了，芳子的肚子里已经有了小邦德。

有一天，他俩一起到海湾的时候，邦德有些心绪不宁。他让芳子把小船慢点儿划出去。他说："亲爱的芳子，这张报纸上有'海参崴'，这个地名你知道吗？"他拿出一片破报纸递给芳子。

"听说过这个地方。"

"我忽然想起一件非常重要的事情，必须到海参崴去一趟，非去不可呢！"

"不去行不行啊？"

"不行，我必须去办一件事。回来后，我会和你永远在一起。"

"不过，那是一个不友善的地方，你一定要小心啊！"

"他们会加害一个来自日本海岛的无辜渔民吗？"

芳子已经在神主面前发过誓言，她觉得自己没有理由再留他在这个小岛上生活下去了，但她也不愿意让他去那么危险的地方。她想，这件事有必要请教一下神主。

黄昏归舟时分。

也许这是最后一次和邦德同船共渡了。芳子的心绪像汹涌的海洋一样不能平静。邦德上了船，他用结实的大腿把芳子夹在中间，然后拿起桨，两个人幸福地向前划着。

"芳子，我，我好像想起一件事，不清楚是不是真的。可我知道我必须去海参崴一趟，不然总觉得自己的任务好像没完成，身心感到很不安。为了我俩以后能过上平静的日子，我看就去那里一趟吧。到了那里，也许我就会明白是为什么了。芳子，你同意我明天就去吗？"邦德目光坚定地看着芳子，又补充了一句，"是的，就是明天！"

"邦德，明天？我俩不能一起去吗？"

邦德悲哀地摇摇头，无言地望着辽阔的天空。

那只小船继续前行，太阳已经向西方的海面渐渐沉落下去……